Maisey Yates
Herencia oscura

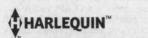

Editado por HARLEQUIN IBÉRICA, S.A.
Núñez de Balboa, 56
28001 Madrid

© 2013 Maisey Yates
© 2014 Harlequin Ibérica, S.A.
Herencia oscura, n.º 2279 - 1.1.14
Título original: Heir to a Dark Inheritance
Publicada originalmente por Mills & Boon®, Ltd., Londres.

I.S.B.N.: 978-84-687-3936-6
Depósito legal: M-30301-2013
Editor responsable: Luis Pugni
Fotomecánica: M.T. Color & Diseño, S.L. Las Rozas (Madrid)
Impresión en Black print CPI (Barcelona)
Fecha impresion para Argentina: 30.6.14
Distribuidor exclusivo para España: LOGISTA
Distribuidor para México: CODIPLYRSA
Distribuidores para Argentina: interior, BERTRAN, S.A.C. Vélez
Sársfield, 1950. Cap. Fed./ Buenos Aires y Gran Buenos Aires,
VACCARO SÁNCHEZ y Cía, S.A.

Prólogo

ALIK Vasin se acabó el vaso de vodka y esperó el efecto. Nada. Esa noche iba a necesitar mucho alcohol para divertirse, para sentir algo. Si no, iba a necesitar una mujer. Se abrió camino entre los cuerpos que se amontonaban en la pista de baile. La música era atronadora. Allí no podría tener una conversación, pero no le importó porque no quería hablar con nadie. No tardó en fijarse en una mujer que tampoco estaba buscando conversación. Se acercó a la rubia y ella sonrió. Había encontrado la diversión de esa noche. Se acercó más y ella alargó una mano para rozarle el pecho. Notó un zumbido en el bolsillo, metió la mano y agarró el teléfono. Sabía que a las mujeres no les gustaba sentirse relegadas por una llamada telefónica, pero si eso la ahuyentaba, encontraría a otra enseguida. Si esa noche no quería acostarse solo, no lo haría. Sacó el móvil y vio un número desconocido. Cualquiera que pudiera ponerse en contacto con él desde un número que no conocía era importante. Levantó un dedo para indicar a la mujer que esperara y salió a una bulliciosa calle de Bruselas.

–Vasin –dijo la voz al otro lado del teléfono.

Entonces, el suelo le pareció menos firme. Se preguntó si el vodka habría empezado a hacer efecto, si ese era el motivo de que sintiera una opresión en el pecho, si por eso estaba imaginándose lo que decía la mujer. Sin embargo, él era Alik Vasin y había estado en esa parte de Estados Unidos hacía más de un año. Se quedó inmóvil y esperó a que el suelo recuperara la firmeza. Todo se desmoronó y no pudo acordarse de por qué estaba allí, en una oscura calle de Bruselas. Solo quedó la llamada de teléfono y la descarga de adrenalina en las venas, lo que había buscado toda la noche. No se quedaría paralizado, él siempre actuaba. Colgó, se metió las manos en los bolsillos y se alejó apresuradamente. Tenía que ir al aeropuerto. Tenía que ir a un laboratorio que se lo confirmase. Volvió a sacar el móvil y buscó el número de Sayid. Su amigo sabría qué decirle, porque no era el vodka. Era la verdad y lo sabía con certeza. Era padre.

Capítulo 1

HABÍA creído que podría alejarme de mi hija? Jada se detuvo en los escalones del tribunal. Era la voz de su pesadilla más espantosa, una voz que solo había oído en sueños, pero supo que era él, Alik Vasin, el hombre que podría arrancarle el corazón si quisiera, el hombre que podría destrozarle la vida, el padre de su niña.

—No sé de qué está hablando —contestó ella mientras subía un escalón.

—Cambió la fecha.

—Tuve que cambiarla —replicó ella en tono desafiante, aunque fuese mentira.

No le parecía mal porque la había dicho para proteger a su niña. Toda su vida había respetado las reglas, pero esa situación no tenía reglas. Solo tenía que conservar a Leena con ella.

—Y creyó que como tenía que recorrer medio mundo con tan poca antelación, no llegaría. Es una pena, para usted, que tenga un avión privado.

No parecía un hombre que tuviera un avión privado ni que fuese a acudir a una vista en un juzgado. Llevaba unos vaqueros con un cinturón muy ancho, una camisa remangada y arrugada y gafas de sol. Parecía una estrella de rock o algo así. Giró la mano para ajustarse el reloj y mostró el ancla tatuada que tenía en el dorso de la muñeca. Ella se preguntó cuánto dolería eso y cuánto indicaba de él. Era la encarnación del peligro y mirarlo le daba escalofríos. Sin embargo, su evidente falta de respeto por las convenciones hacía que tuviera más confianza en sus posibilidades. Había tenido la custodia de Leena durante un año y ese hombre, su padre, no tenía más derechos que los meramente genéticos. La sangre tiraba mucho, pero los pañales sucios tiraban más y ella había cambiado muchos durante el año pasado.

—Creo que tengo tiempo de sobra —siguió él mirando el reloj—. Volveré enseguida.

—No corra —replicó ella.

Jada se sentó en una de las sillas que había a la puerta del juzgado de familia. Le hubiera gustado tener a Leena en brazos, pero su niña estaba con la asistente social. Notó los brazos vacíos. Sacó el móvil del bolso para mantener las manos ocupadas y la cabeza distraída.

—Bueno, no me he perdido nada.

Ella levantó la cabeza y dejó escapar una maldición. Llevaba un traje negro sobre su musculoso cuerpo. Transmitía fuerza, poder. Parecía un hombre que podía conseguir lo que quisiera con solo chasquear los dedos, un hombre que derretía a las mujeres con solo mirarlas. En diez segundos había pasado de ser un viajero desaliñado a ser James Bond.

—Observo que ha decidido vestirse para la ocasión —comentó ella.

Él se quitó las gafas y ella pudo ver sus ojos por primera vez. Eran de un color entre azul y gris, como el mar durante una tormenta.

—Me pareció lo apropiado —replicó él con una sonrisa.

Parecía despreocupado, como si no le importara lo que pudiera pasar. Para ella era lo único importante. Leena era toda su vida, lo único que le quedaba.

—Es mi hija —siguió él—. Eso significa que tengo que reclamar mi responsabilidad.

–¿Responsabilidad? ¿Eso es para usted?

–Es sangre de mi sangre –contestó él en un tono gélido–. No de la suya.

–Yo solo la he criado desde que nació, pero eso qué importa, ¿no?

–No sabía que existía.

–Porque su madre creyó que estaba muerto. ¿Le dijo que iba a marcharse en una misión secreta? Es una de esas cosas que un hombre como usted dice a las mujeres para acostarse con ellas.

–Si se lo dije, era verdad.

–¿No se acuerda? –preguntó ella parpadeando.

–No concretamente –contestó él encogiéndose de hombros.

–¿Y estaba en alguna misión?

–¿Cuántos años tiene la niña?

–¿No lo sabe? –preguntó ella parpadeando otra vez.

–No sé nada de todo este asunto. Recibí una llamada cuando estaba en Bruselas y me dijeron que si no venía y reclamaba a una hija que tuve con cierta mujer, perdería los derechos para siempre. Entonces, hice una prueba de paternidad y soy el padre, para que lo sepa. Ayer recibí una carta que me comunicaba que mis derechos de paternidad se rescindirían y que alguien adoptaría a la niña si no llegaba a una vista que se había cambiado de fecha y que se celebraba hoy.

–Tiene un año, acaba de cumplirlo. ¿Dónde estaba usted hace poco más de un año?

–Cerca de aquí. Estaba en Portland atendiendo un asunto.

–Ah... Un asunto... –replicó ella poniendo los brazos en jarras.

–No puedo decir qué asunto en concreto.

Afortunadamente, era unos de esos hombres con los que nunca había tenido relación. Se había casado demasiado joven y su marido había sido íntegro. No creía que hombres como ese, hombres que iban de cama en cama indiscriminadamente, existieran fuera de las películas.

—Puedo imaginármelo. Yo he estado cuidando al fruto de ese asunto.

—Un valor añadido para mi viaje —replicó él arqueando una ceja—. No soy un turista sexual.

—Es usted muy directo, ¿no? —preguntó ella parpadeando y sonrojándose.

—Y usted es muy suspicaz e increíblemente sentenciosa.

Además, no estaba acostumbrada a tratar con personas que hablaban con esa naturalidad de su mal comportamiento. Parecía llevarlo como una medalla.

—Ha venido a arrebatarme a mi niña, ¿qué reacción espera que tenga?

Él miró alrededor. Eran las dos únicas personas de la antesala.

—La verdad es que no había previsto que tendría que quedarme a solas con usted.

—Pues tendrá que hacerlo. Dígame una cosa, ¿para qué quiere un bebé un hombre que viaja por todo el mundo haciendo sabe Dios qué? ¿Tiene esposa?

—No.

—¿Tiene más hijos?

—No, que yo sepa —contestó él con una sonrisa que a ella le pareció atrevida—. Evidentemente, estas cosas pueden sorprenderle.

—Como a casi todo el mundo, señor Vasin —replicó ella en tono cortante—. ¿Por qué la quiere?

Era una buena pregunta y no sabía la respuesta. Solo sabía que si se marchaba sin conocerla y la dejaba para que se abriera camino en la vida como había tenido que hacer él, el infierno se le quedaría pequeño. Había pensado en no hacer caso de la llamada y no acudir a la vista, pero cada vez que lo pensaba sentía una punzada de remordimiento, algo que no sabía que tenía. No quería a la niña especialmente, pero se daba cuenta de que tampoco podía abandonarla.

–Porque es mía –contestó, porque era la única respuesta que tenía.

–No es un buen motivo.

–¿Por qué la quiere usted tanto, señorita Patel? No es su hija, sienta lo que sienta.

–¿No? ¿La relación de sangre, aunque sea con un desconocido, es más importante que el cariño recibido? ¿Eso es lo que piensa?

Alik la miró. Era todo pasión. También era hermosa y en otra situación quizá hubiera pensado en seducirla. Tenía un resplandeciente pelo negro, la piel dorada, los ojos del color de la miel y una figura menuda y perfecta, era un conjunto tentador. Sin embargo, en ese momento, también era peligrosa. Casi no le llegaba a la mitad del pecho, pero no le temía. Parecía dispuesta a atacarlo físicamente si hiciese falta.

–No es una cuestión sentimental. Soy su padre y usted no es su madre.

–¿Cómo se atreve? –preguntó ella retrocediendo como una serpiente dispuesta a atacar.

–Señor Vasin... Señorita Patel... –una mujer vestida de negro abrió la puerta y asomó la cabeza–. Pueden pasar.

«Teniendo en cuenta que el señor Vasin está presente y en plenas facultades mentales, y teniendo en cuenta que se ha sometido a una prueba de paternidad que ha demostrado que es el padre, no encontramos motivos para privarle de la custodia de su hija».

Jada se repetía la sentencia una y otra vez. El juez lo lamentaba y los asistentes sociales, también, pero no había ningún motivo para que Leena no se quedara con su padre. Además, que su padre fuese multimillonario tuvo algo que ver. Ella no tenía un cónyuge que la mantuviese y su única fuente de ingresos era el seguro de vida de su difunto marido, que, si bien era considerable, no eran mil millones de dólares. Eso, unido a la prueba de paternidad que demostró que fue víctima de un malentendido, supuso que ella se quedara sin fundamento jurídico. Para ella, sin embargo, tenía el único fundamento que importaba, aunque no le importara a nadie más. En ese momento, Leena estaba con Alik Vasin para que se conocieran. No se podía permitir que ella estuviera con Leena. Tenía riesgo de fuga. Algo que todo el mundo lamentaba también. Se apoyó en la pared del pasillo para tomar aire, pero se asfixiaba por mucho que tomara. Se preguntó si también habría dejado de latirle el corazón. Le flaquearon las rodillas y fue deslizándose hasta que acabó sentada con las rodillas pegadas al pecho sin importarle que llevara falda y pudiera vérsele algo. No soportaba esa sensación que conocía muy bien, que la remontaba a unos vaqueros viejos, a la conmoción, al dolor, la pérdida...

Haber perdido a Sunil a los veinticinco años fue doloroso, injusto e inesperado. Lo más doloroso había sido sobrellevar el estar sola cuando toda su vida se había apoyado en sus padres primero y en su marido después. Todavía estaba sufriéndolo. No era justo que, además, perdiera a Leena. ¿Qué quedaba para que la dejaran vacía, sin nadie que se ocupara de ella ni nadie de quien ocuparse? Además, ¿qué debería hacer consigo misma? Un sollozo se abrió camino en su garganta y se estremeció. La gente pasaba intentando no mirarla mientras se desmoronaba en el vestíbulo del tribunal. Le daba igual que unos desconocidos creyeran que se había vuelto loca. Seguramente lo estaba y le daba igual que se sintieran incómodos por presenciar su dolor. Eso no era nada en comparación con tener que soportar el dolor que sentía.

–Señorita Patel...

Esa voz otra vez. Levantó la mirada y vio al hombre que le había arrebatado a su niña. Si no desató toda su furia en esos ojos grises como una tormenta, fue por Leena, quien se retorcía entre sus brazos para intentar alcanzarla. La miró fijamente para recordarla con todo detalle. Se levantó lentamente y extendió los brazos. Leena quiso abalanzarse sobre ella y Alik no tuvo más remedio que entregársela. La estrechó contra sí y Leena se aferró a ella. Cerró los ojos y aspiró ese olor único y maravilloso de los bebés. Ya no se desmoronaba, podía respirar otra vez y el corazón le latía al ritmo de siempre.

–¡Mamá! –exclamó la niña con júbilo y alivio.

Jada se hizo añicos por dentro.

–No pasa nada –dijo ella por sí misma, no por su hija–. No pasa nada.

–No le caigo bien –comentó Alik entre incrédulo y asustado.

–Es un desconocido.

–Soy su padre –replicó él como si a una niña de un año le importara la genética.

–No le importa lo más mínimo el parentesco. Yo soy la única madre que conoce.

–Tenemos que hablar.

–¿De qué?

–De esto –contestó él con la voz ligeramente quebrada y perdiendo parte de su encanto natural–. De lo que tenemos que hacer.

Ella no supo lo que quería decir, solo sabía que tenía a Leena en brazos.

–¿Dónde?

–En mi coche. Tiene preparada una sillita para niños.

–De acuerdo.

Acompañarlo debería resultarle raro porque no lo conocía, pero el juez tampoco había encontrado ningún motivo para que no fuese un padre apto y eso significaba que la niña se iría con él. Por eso, no podía dudar en acompañarlo al coche. Tragó saliva. Ella era la única que podía cambiar las cosas y pasaría con Leena cada segundo que pudiera. Lo siguió fuera del tribunal. Él sacó el móvil y habló. Ella no reconoció el idioma. No era ni ruso ni inglés ni indio, los que ella sabía. Una limusina apareció al cabo de unos segundos y él abrió la puerta trasera.

–Puede entrar...

Colocó a Leena en la sillita y se sentó justo al lado de ella. No había querido arriesgarse a que él se largara mientras rodeaba el coche. Quizá fuese una paranoica, pero nunca se era demasiado paranoica en situaciones como esa. El lujo del coche le impresionó y, además, tenía una cubeta de plata con hielo y una botella de champán. ¿Había pensado celebrar la victoria? ¿Había pensado brindar por haberse quedado con la niña? Quiso abofetearlo.

–¿De qué quiere hablar conmigo? –preguntó ella en tono cortante.

Él cerró la puerta y se sentó.

–¿Una copa?

–No. ¿De qué quiere hablar?

–¿Cómo conoció a la madre de la niña?

–Leena. Se llama Leena.

–¿Qué nombre es ese?

–Un nombre indio. Se llama así por mi madre.

–Debería tener un nombre ruso. Yo soy ruso.

–Yo soy india y es mi hija. Además, es usted muy arrogante por creer que puede llegar, quedarse con mi hija, separarla de su hogar y su madre, y, encima, cambiarle el nombre.

–No voy a cambiarle el nombre –replicó él arqueando las cejas–. No está mal.

–Gracias.

Ella se maldijo por ser tan cortés. No debería darle las gracias, debería darle un mazazo.

–Muy bien –él se puso recto–. ¿Cómo conoció a la madre de Leena?

–A través... de una agencia de adopción. Me dijo que el padre del bebé estaba muerto y que ella no podía criar a la niña. Fue una adopción... parcial. Ella podía elegir a la persona que quería que se hiciese cargo de la niña. No fue fácil para ella, pero le pareció bien.

Se acordó de su mirada cuando le entregó a Leena. Estaba triste y cansada... y aliviada.

–¿Y la adopción?

–Normalmente, se formalizan a los seis meses. En Oregón la madre biológica no puede firmar los documentos hasta después del nacimiento, lo cual lo alarga un poco. En nuestro caso, se alargó más porque... dijo que el padre estaba muerto, algo que no estaba confirmado. Tenía su nombre, pero usted no constaba como muerto ni se le podía encontrar para que renunciara formalmente a sus derechos. Además, no ha pasado suficiente tiempo para declararlo ausente.

–Entonces, me encontraron.

–Efectivamente.

–Lo siento por ti, Jada –dijo él sin parecer que lo sintiera en absoluto–. Sin embargo, Leena es mi hija y no puedo desaparecer y dejarla a un lado.

–¿Por qué? ¿Porque se siente dominado por el amor y un lazo paternal?

–No. Porque lo que hay que hacer es ocuparse de la familia. Es la única familia que tengo.

En otras circunstancias, habría tenido lástima de él, pero, en esas, no sintió nada.

–Ocuparse de ella significaría dejarla conmigo –replicó ella.

–Entiendo que pienses eso –él miró por la ventanilla–. No le gusto, llora cuando la tomo en brazos, y, sinceramente, no tengo tiempo para ocuparme todo el tiempo de una niña.

–Entonces, ¿por qué ha venido?

–Porque la otra alternativa era desentenderme de ella y eso no me cabe en la cabeza.

–Entonces, ¿qué va a hacer? ¿Contratar niñeras?

–Eso era lo que había pensado. ¿Quieres ser la niñera de Leena?

–¿Qué...?

No podía estar hablando en serio. ¿La niñera de su hija? ¿La empleada de un hombre que estaba arrebatándole todo? Ser madre se había convertido en su razón de ser y Leena se había convertido en todo su corazón. ¿Quería que fuese una empleada a la que pudiera despedir cuando lo considerara oportuno?

–¿Me ha pedido que sea la niñera de mi hija?

–Como acaba de declarar el tribunal, no es tu hija.

–Si repite eso otra vez, le...

–Depende de ti. Puedes agarrarte a tu orgullo si quieres, pero estoy dándote la oportunidad de que veas a tu hija, de que sigas formando parte de su vida.

–¿Cómo puede hacerme esto?

Le dolía todo. Había aparecido y había vuelto a hacer añicos la vida que acababa de rehacer después de tanto tiempo y esfuerzo. Había amado a su marido, pero no pudo darle hijos y él rechazaba cualquier otra posibilidad. Según él, le recordaría todo lo que no podía darle, lo que ella tendría que conseguir de otro. No habría inseminación artificial, no gestaría el bebé de otro hombre. Dijo que se plantearía la adopción, pero nunca lo hizo sinceramente. Cuando asimiló la muerte de su marido, se aferró a eso. Ya no era una esposa, pero podría ser madre. En ese momento, ese hombre estaba arrebatándosela, estaba dejándole los brazos vacíos.

–No estoy haciéndote nada. Es mi hija y la he reclamado porque es lo que tengo que hacer.

–Tiene un sentido muy equivocado de lo que hay que hacer, señor Vasin.

–Alik, puedes llamarme Alik. Además, mi sentido de lo que hay que hacer coincide con el de la justicia, así que yo podría decir que tú tienes un sentido muy equivocado de la justicia.

–Mi sentido de la justicia incluye el corazón, no solo las leyes escritas que no tienen en cuenta a las personas y situaciones concretas.

–En eso discrepamos. El corazón no entra en nada de lo que hago.

Lo miró a los ojos. Eran unos ojos sin alma. Salvo cuando sostuvo en brazos a Leena. Entonces captó miedo e incertidumbre. Evidentemente, era un hombre que no sabía nada de niños... y quería que fuese la niñera. Quería asumir el papel de padre de Leena y dejarla en manos de sus empleados. Ese hombre que había vivido una vida completamente al margen de Leena quería arrancarle el corazón.

–Ella es lo único que tengo –reconoció Jada con la voz entrecortada–. Todo lo que tengo.

–Entonces, ¿te niegas por orgullo?

–¡Y porque no soy la niñera de mi hija! Soy su madre. La mera idea de que se me trate como si se me pagara por estar allí...

Eso era un ataque a su identidad. Había sido la esposa de Sunil y luego se había convertido en la madre de Leena. No podía volver a no ser nada.

–Te pagaría por estar allí. No puedo pedirte que dejes el trabajo que tengas y seas su niñera gratis, ¿no?

–¿Cómo puedes...?

–Naturalmente, te permitiría que vivieras en la casa donde la instale. Sería lo más sencillo para todos. Tengo un ático en París y otro en Barcelona. También tengo una casa en Nueva York, pero me parece que te resultaría demasiado ruidoso...

–¿Y tú? ¿Dónde estarás tú?

–Seguiré como hasta ahora, pero no tienes que preocuparte, Jada. Como dijo el juez, soy un hombre adinerado.

–¡Tu dinero y tu poder no me impresionan gran cosa cuando tu idea de criar a una niña es instalarla en una casa en algún sitio del mundo y dejarla con tus empleados!

–No con cualquier empleado, contigo. Tú serías una empleada de mucha confianza.

–¡Malnacido!

No podía hacerlo. No podía permitir que ese hombre que ni siquiera quería vivir en la misma casa que su hija le arrebatara todo lo que había levantado para sí misma, para Leena.

–No –añadió ella con la voz quebrada, como todo dentro de ella.

–¿Cómo has dicho?

–No. Para el coche.

No sabía lo que estaba haciendo, hasta que el coche se detuvo, miró a Leena y luego miró a Alik. Volvió a pensar en el miedo que vio en sus ojos cuando la tuvo en brazos y en cómo había intentado escapar Leena de esos brazos. Entonces, lo supo.

–No –repitió abriendo la puerta del coche–. Soy su madre. No puedes exigir un cambio en la relación. Si crees que eres su padre por un mágico vínculo de sangre, adelante, ocúpate de ella.

Tenía el corazón en la garganta, pero era su única esperanza y brotaba de la disparatada idea de que había visto auténtico miedo en los ojos inescrutables de ese hombre. Si lo había interpretado mal, lo más probable era que no volviera a ver a su hija. Sin embargo, él tenía que saber que ella tenía razón, que la necesitaba. Se bajó y cerró la puerta. El pánico le atenazó las entrañas. Se alejó con los ojos cerrados. No podía respirar, pero rezó para que Alik la siguiera.

Capítulo 2

ALIK se había enfrentado a terroristas dispuestos a hacerle picadillo, se había metido en un campamento enemigo para salvar a un amigo y había pasado horas trazando estrategias para países en guerra. Nada lo había alterado, solo había recibido con agrado la descarga de adrenalina por haber sobrevivido. Nunca había tenido miedo, como lo tenía en ese momento, al mirar los inocentes ojos de su hija y al oír el grito que retumbó en la limusina.

–Espere –le pidió al conductor.

Leena gritaba cada vez más fuerte y no sabía qué tenía que hacer. Miró por la ventanilla y no vio a Jada. Se imaginó que habría entrado en el centro comercial que había enfrente, pero también podía haber tomado un taxi y haberlos abandonado. No le parecía algo que ella haría, pero también tenía que reconocer que no sabía nada de sentimientos, de madres con sus hijos. Jada ni siquiera era su madre, pero él sí era su padre y no sabía cómo consolar a una niña, nadie lo había consolado a él, nadie lo había tomado en brazos hasta que dejara de llorar. Era muy posible que nunca hubiese llorado. Leena, en cambio, lo hacía muy bien.

Siempre había pensado en contratar a una niñera y, cuando entró en el vestíbulo del juzgado, sintió por primera vez que estaba en una situación que no podía controlar. Entonces, cuando vio a Jada apoyada en la pared y llorando, supo que había encontrado la solución. Hasta que se marchó. Ella quería más y él no sabía qué era lo que quería. Hacía mucho que había renunciado a los sentimientos, los había congelado para protegerse de las peores vivencias mientras crecía, pero, cuando ya no necesitó protección, era demasiado tarde para que algo pudiera descongelarse. Había conocido lo físico. El sexo, el alcohol y otros estimulantes, cuando era joven, le proporcionaron las sensaciones que no le proporcionaba ese órgano congelado que tenía en el pecho. Así eran las cosas para él y eran muy ventajosas, porque cuando tenía que llevar a cabo una misión, fuera en el campo de batalla como antes o en la sala de reuniones como en ese momento, recurría a la cabeza y la lógica siempre había ganado. Después, siempre podía acudir a una fiesta. Había aprendido a crearse la felicidad con lo que lo rodeaba, a iluminar provisionalmente la oscuridad que dominaba su interior. Una noche de baile, bebida y sexo era un destello en esa oscuridad opresiva. Se desvanecía tan deprisa como había llegado, pero era mucho mejor que esa oscuridad interminable. Sin embargo, en ese momento no se sentía vacío, sentía pánico y no le parecía una mejoría. Sin pensárselo, sacó a Leena de la sillita y la sentó en su regazo. Ella aulló y se retorció para zafarse de él. Sintió algo en el pecho que casi lo tumbó de espaldas. Él tenía miedo y ella estaba aterrada de él.

–¡Mamá! ¡Mamá, mamá, mamá!

La palabra, el sonido más bien, se repetía mezclada con sollozos. Intentó decir algo, pero no supo qué. Nunca había querido eso, nunca se lo había imaginado. En realidad, no habría hecho nada de no haber sido por Sayid y la conversación que tuvieron cuando se marchó de Bruselas.

–Tienes que reclamarla, Alik. Ella es responsabilidad tuya. Tienes muchos recursos y puedes facilitarle muchas cosas. Es sangre de tu sangre, tu familia.

–Tengo familia sin vínculos de sangre –había replicado él en referencia a la familia de Sayid.

–Una familia que has elegido. Ella es tu familia. Te debes a ella, deshonrar algo tan profundo sería un error.

–No, mi único error ha sido venir aquí a pasar el fin de semana en vez de haberme ido a París o Barcelona a acostarme con alguien.

–Tu especialidad es correr como un descosido, huir –había dicho Sayid en un tono muy serio–. Sin embargo, no puedes cambiar nada huyendo. Al menos, esta vez.

Su amigo tenía razón. Vivía moviéndose a toda velocidad, pero no huía de nada, nada lo asustaba tanto. Aunque, en realidad, tampoco se dirigía hacia nada. Sencillamente, avanzaba lo más rápida, vehemente y temerariamente posible. Las cosas más vehementes y temerarias de la vida eran las que más hacían que sintiera, y estaba ávido de sensaciones, de paladear todo lo que le había negado una vida limitada a la supervivencia. Quizá eso hubiese sido lo que lo había impulsado a ir a buscarla, más que las palabras de Sayid. Eso u observar la vida de su amigo, que había cambiado esa vida por tener esposa e hijos. En cualquier caso, cuando decidió ir a por su hija no lo hizo a la ligera. No hubo una conexión inmediata entre ellos, pero tampoco lo había esperado. Nunca había conectado inmediatamente con la gente. Algunas veces, no conectaba nunca. Sayid era la excepción, y luego lo fue la familia de este. Sin embargo, tenía veintiocho años cuando lo conoció y era más un hermano que otra cosa. Además, fue la primera vez que sintió cariño por otro ser humano. Todavía no le resultaba fácil, pero jurar fidelidad le resultaba tan fácil como ver el nombre del firmante del cheque. Siempre se lo había resultado. Incluso en ese momento, cuando se dedicaba a las tácticas empresariales despiadadas y no a las tácticas mercenarias despiadadas para derribar gobiernos. Se podía comprar su fidelidad, pero una vez comprada, sería fiel hasta la muerte si hacía falta. Después, una vez cumplida la misión, rompería todos los lazos igual que los había atado.

Sayid, una vez más, era la excepción. Un encargo salió mal y se convirtió en una misión para rescatar al hijo del jeque cuando todos los demás habían tirado la toalla. Eso hizo que sus lazos se hicieran inquebrantables. Había decidido estrechar ese lazo con su hija. Ella le había comprado la fidelidad con la sangre, un cheque que nunca podía hacerse efectivo, que nunca podría desaparecer. Eso significaba que la defendería, lucharía por ella, moriría por ella... o que recorrería las calles hasta que encontrara a la mujer que la niña llamaba «mamá».

–Te protegeré –le dijo mirando su carita congestionada y llena de lágrimas–. Te lo prometo. Espere aquí –le ordenó al conductor mientras abría la puerta.

Salió con Leena en brazos, quien hacía todo lo posible por soltarse de él. La gente los miraba. Estaba acostumbrado a pasar desapercibido o a hacer una escena cuando quería, pero esa situación se le escapaba de las manos y le asombraba que una niña diminuta pudiera dominarla completamente. Bajó por la acera maldiciendo la lluvia y su absoluta falta de control. Había una tienda de ropa, una pizzería y una cafetería a lo largo de la fachada del centro comercial y esperó que Jada no estuviera lejos. Entró en la cafetería y la vio con una taza entre las manos, pálida y con aspecto desconsolado. Se acercó y se detuvo delante de su mesa.

–Dime, Jada Patel, si no aceptas el empleo de niñera que te ofrezco, ¿qué vas a hacer?

Ella lo miró con un alivio palpable, pero no se movió para quitarle el bebé ni contestó. Lo miró con tal emoción reflejada en los ojos que a él le pareció imposible que pudiera sentirla.

–Me parece que no tienes un instinto de conserva-
ción muy fuerte –siguió él–. Te he ofrecido la posibilidad de que vivas con mi hija y sigas cuidándola. Tú has
reconocido que no tienes nada si no te la quedas. No tienes marido, ni una amiga ni una pareja. Habrían ido al
tribunal a apoyarte.

–No, no tengo marido –confirmó ella mirando la
taza.

–Entonces, nada te ata aquí.

–Marcharme no es el problema. ¿Quién me asegura
que no me despedirás dentro de cinco años y la perderé
entonces? No podría soportarlo. No puedo soportarlo
ahora y, por un lado, quiero aceptar la oportunidad, pero,
si aceptara el empleo, te daría poder sobre mi vida y no
quiero.

–No te lo reprocho. Yo tampoco querría, pero no se
me ocurren muchas más posibilidades.

Jada intentó contener el pánico. Tenía que pensar qué
podía hacer. Deseó que hubiera alguien a quien pudiera
consultar. Sus padres habían muerto hacía mucho tiempo.
Su padre, cuando ella era una adolescente y su madre,
seis años después. Luego, también estaba Sunil. Le habría preguntado qué podía hacer. Cuando murió, se sintió como si estuviera flotando. No podía pensar ni tomar
una decisión. Lo único que hacía que se levantara todos
los días de la cama era saber que él habría querido que
lo hiciera. Le habría dicho que encontraría otra cosa,
algo bueno. Además, también sabía que si bien él no fue
muy entusiasta de la adopción cuando estuvieron casados, no habría querido que estuviese sola. Leena era eso
bueno que había estado esperando. Desde que vio a
Leena en la cuna del hospital, supo que daría su vida por
su hija. Convertirse en la niñera de Leena no se parecía
a renunciar a su vida, pero lo que la asustaba no era la
idea de abandonar su hogar. No tenía hogar sin Leena.

La asustaba que Alik pudiera apartarla de su hija cuando quisiera. No tendría derechos como madre. Solo sería una empleada contratada que esperaba que cayera la guillotina. La pérdida, cuando era inesperada, era espantosa. Sin embargo, sería insoportable vivir sabiendo que podría llegar en cualquier momento.

—Entonces, ¿quieres garantías? —preguntó él—. ¿Algo legal y permanente?

—Sí, algo que me dé cierta estabilidad, que no esté esperando constantemente a que un día decidas que ya no me necesitas.

Lo miró a esos ojos grises como una tormenta y se estremeció. Tenía una elegancia natural, una actitud relajada que hacía que pareciera cómodo con todo lo que lo rodeaba. Sin embargo, lo que vio en sus ojos indicaba que mentía al mundo, que por dentro era de hielo.

—Eres el tipo de mujer que nunca vendería su fidelidad —comentó él con una mezcla de admiración y perplejidad que la sorprendió—. Me recuerdas a alguien que conozco.

—Eso está muy bien, pero no resuelve mis problemas.

—¿Acaso yo tengo que resolver tus problemas?

—Creo que los dos sabemos que, por muy duro que parezca, no sabes qué hacer con la niña.

—Puedo contratar a otra persona.

—¿Crees que se quedaría feliz con eso? ¿No ha notado que me he marchado?

Eso lo alcanzó directamente en el pecho y lo abrasó. Tenía dos o tres años cuando lo dejaron en un orfanato de Moscú. No recordaba ni la cara ni la voz de su madre, pero sí recordaba el abandono. Un abandono muy profundo, doloroso y desconcertante.

—Lo ha notado —contestó él, porque era verdad.

Tenía que hacer algo. Estaba en una situación espantosa. O abandonaba a su hija o la separaba de la única mujer a la que consideraba su madre. Estaba entre la espada y la pared.

—Tienes que encontrar una solución que nos satisfaga a los dos.

Jada no sabía cómo podía contener las lágrimas. Estaba a punto de desmoronarse, pero tenía que demostrarle a Alik que él no llevaba las riendas. Tenía que recuperar el control de la situación. Era la vida que estaba creando para sí misma y él no podía adueñarse de ella. El destino, o lo que fuese, ya le había dado bastantes varapalos. Ya no iba a ser más la víctima de la vida.

Alik miró a Leena con evidente agobio y volvió a mirar a Jada.

—¿Qué necesitas? —le preguntó sin disimular la desesperación.

—Necesito seguridad. Necesito ser su madre porque, lo comprendas o no, eso es lo que soy y eso es lo que necesita la niña. No necesita ni una niñera ni un padre ausente. Necesita a alguien que esté siempre con ella.

Él la miró un instante con los ojos inescrutables y el apuesto rostro inexpresivo.

—Crees que cierta permanencia sería lo mejor para Leena.

—Sí.

—Quizá tenga la solución para tus problemas. No te gusta la idea de que la instale en algún sitio y la deje con mis empleados, crees que debería tener una familia, una verdadera familia.

—Todo el mundo debería tenerla.

—Es posible, pero esa no es la realidad. Aun así, si encontrara la manera de que tuviera una familia, sería muy importante, ¿no?

—Sí —contestó Jada con un nudo en la garganta.

—Detestaría privar de algo importante a mi hija.

Ella quiso gritar que estaba privándola de su madre, pero supo que no serviría de nada. Él no entendía la unión que sentía con Leena, no entendía el amor, y, si perdía el control, perdería la batalla. Cuando él presionaba, ella tenía que presionar en sentido contrario.

–Entonces, debería casarme –añadió él.

El dolor la desgarró por dentro. Él seguía sin entenderlo. La idea de que otra mujer fuese la encargada de cuidar a su hija hizo que todo se tiñera de rojo.

–¿Así de sencillo? –preguntó ella–. ¿Te limitarás a encontrar una esposa que cuide a Leena como si fuese su hija?

–Ya la he encontrado –contestó él con los ojos clavados en ella.

Ella sintió un escalofrío por la gélida mirada de él.

–¿De verdad?

No sabía qué iba a contestar, pero sí sabía que no iba a gustarle y que iba a cambiarlo todo.

–No aceptaste la oferta de ser la niñera de mi hija, ¿quieres ser mi esposa?

Capítulo 3

QUE si quiero ser... tu esposa?
Él lo había dicho con tanta naturalidad y tan poco sentimiento que ella creyó haber oído mal.

–Sí. Como has dejado claro, mi oferta de que seas la niñera es inaceptable y también tienes razón al decir que la niña es infeliz sin ti.

–Se llama Leena –repitió ella molesta por su insistente desapego.

–Sé cómo se llama.

Le entregó a Leena y ella sintió un arrebato de amor. Él empezó a ir de un lado a otro.

–Es algo muy sencillo que nos protegerá legalmente a los tres. Tú podrás adoptarla y, si nos divorciamos, algo que haremos sin duda, salvo que nos evitemos tanto que el matrimonio no se interponga en nuestros caminos, podremos alcanzar un acuerdo de custodia compartida.

–Yo... ya es posible que una pareja que no esté casada consiga la adopción. Es más difícil, tiene que haber una relación sentimental evidente, pero...

–¿Por qué vamos a complicarlo? Esto será mucho más sencillo. Demostrar una relación legal es más fácil que fingir una sentimental, ¿no crees?

Sí, lo creía. Estaba segura de que él tenía razón. La convertiría en la madre de Leena, le concedería la adopción que anhelaba, pero... ese desconocido... Era la segunda vez en su vida que todo cambiaba en un día. Intentó no recordar el día, hacía tres años, en que la llamaron de la oficina de Sunil para decirle que lo habían mandado al hospital. Intentó no recordar la conmoción que sintió mientras se dirigía hacia allí en coche, la impresión de verlo en la cama como si fuese un hombre que intentaba aferrarse a la vida, hasta que, unas horas después, tuvo que soltarse. Entonces, su mundo perfecto se hizo añicos. Había pasado tres años intentando recoger los pedazos para reconstruirlo y, entonces, Alik Vasin aparecía y volvía a destrozarlo.

–Uno no puede casarse por esos motivos –replicó ella.

–¿Por qué? ¿Se te ocurre un motivo mejor?

–El amor –contestó ella.

Era lo más disparatado que había oído en su vida y lo peor de todo era que no sabía si podía negarse. Miró a Leena y se le encogió el corazón. Si se negaba, ¿sería la última vez que la vería? ¿No la vería aprender a hablar y llegar a convertirse en una mujer? Sus sueños se esfumarían otra vez. Salvo que aceptara. Ella era la que había exigido más. ¿Podía negarse cuando se lo ofrecían? Él frunció el ceño y se encogió de hombros.

–El matrimonio nunca ha significado nada para mí. Es un convenio legal que protege muchos derechos legales. Por eso, los asuntos legales me parecen el motivo más lógico para casarse.

–Ni siquiera te conozco.

–No te pido que me conozcas, te pido que te cases conmigo para que mi hija tenga un padre y una madre. Recibirá cuidados en todos los sentidos que importan.

Jada parpadeó para intentar entender el razonamiento de Alik. Parecía tan seguro y avanzaba tan deprisa que no podía asimilar las cosas.

–¿Cómo puedes proponer algo así tan... tranquilamente?

–Porque me da igual que seas la niñera o mi esposa. Nada cambiará y a ti te dará la protección que quieres.

–¿Y por qué es eso tan importante para ti?

–Ofrece más estabilidad a mi hija. Además, está... muy unida a ti, parece que... te quiere. No soportaría hacerle daño.

Lo dijo de una manera muy rara, como si no entendiera los sentimientos de los que hablaba, como si intentara decir lo correcto o hiciera un esfuerzo para pensar lo correcto, pero no lo consiguiera del todo. Era un absoluto disparate, pero sin Leena no le quedaba nada, ni siquiera un motivo para no aceptar esa disparatada oferta. No lo conocía, pero, si no aceptaba, su hija lo conocería sin que estuviera ella para protegerla y eso no podía pasar, costara lo que costase. Se acordó del día de su boda, hacía más de ocho años. Era muy joven y estaba muy enamorada. Le parecía que casarse con Alik era burlarse de todo eso, como poner a Alik en el lugar que debería corresponderle a otro hombre, al hombre al que amó con toda su alma. Pidió a Sunil que la perdonara, pero no supo si sería capaz. No sabía si podría entender su deseo de salvar a la niña, si se daría cuenta de lo profundo que era. Quizá sí se diera cuenta y no pudiera aceptarlo porque significaría afrontar lo mucho que le había fallado a ella, pero a ella nunca se lo había parecido. Incluso entonces habría sido feliz adoptando. Aun así, deseó tenerlo cerca para poder apoyarse en su fuerza, para sentir una vez más sus brazos que la reconfortaban. Sin embargo, era una extraña paradoja. Si todavía tuviera a Sunil, no tendría a Leena y necesitaba a Leena. Casarse con Alik sería casarse por amor, por el amor a su hija. Entonces, cayó en la cuenta de otra cosa, de algo que la asustó y le produjo una sensación abrasadora. No supo si era una sensación de furia, de bochorno o de algo completamente distinto, que era lo que realmente le preocupaba.

—Has dicho que te daba igual que fuese la niñera o tu esposa, ¿pensabas acosarme sexualmente como niñera o piensas no tocarme si me caso contigo?

—También me da igual. Si quieres tener relaciones sexuales, estaré encantado.

La idea le abrasó la piel. No entendía su forma de decir las cosas tan directamente. No era una mojigata, pero tampoco iba a pedirle a un desconocido que se acostara con ella.

—¿Si yo quiero tener relaciones sexuales?

—Haces que parezca algo raro. ¿No te gusta el sexo?

—Yo... yo... —estuvo a punto de atragantarse—. No es una actividad... recreativa.

—No lo será para ti. En cualquier caso, tú decides. Si quieres, yo estaré encantado.

Él esbozó una sonrisa que le indicó que para él sí era algo recreativo y notó que se estremecía. No, no era tan apasionante, era un grosero.

—¿Y si no quiero?

—Como he dicho, me da igual. No pienso prometer fidelidad.

—¿No? —preguntó ella, molesta por algún motivo.

Quizá fuese porque en ese plan, Alik parecía no renunciar a nada mientras que todo estaba cambiando para ella.

—No sé concentrarme con las mujeres. Mi vida no favorece las relaciones.

—Como la de nadie. Por eso la gente hace esfuerzos en los matrimonios, ¿lo sabías?

—¿Quieres mi fidelidad?

—No, gracias —contestó ella casi riéndose.

—Entonces, ¿por qué le damos tantas vueltas? Yo tampoco voy a exigirte la tuya. No me importará lo que hagas siempre que Leena esté bien.

–¿Dudas sinceramente de que vaya a cuidar de Leena? No he hecho otra cosa durante el año pasado y no voy a dejar de hacerlo ahora. Ella es todo lo que quiero.

–¿Por eso no te interesan las relaciones?

–Tuve una relación –contestó ella creyendo que, si decía que Sunil había sido su marido, lo rebajaría dada la conversación–. Fue todo lo que podía querer como hombre y ya no está. Esa parte de mi vida terminó. Leena es toda mi vida en este momento.

–Muy noble por tu parte.

–No lo creo. Sencillamente, sé que tuve lo que mucha gente busca durante toda su vida. Nadie tiene tanta suerte dos veces.

–Como he dicho, me da igual una cosa o la otra –insistió él como si no la hubiese oído.

Se sintió aturdida, mareada, y solo se le ocurrió una réplica.

–Tendré que recoger mis cosas –dijo como si lo hubiese dicho una desconocida.

–Puedo encargar a alguien que lo haga.

–¿Cuándo se celebrará el matrimonio?

–Lo antes posible. Es más, conozco el sitio para celebrar la boda.

–¿Boda? –repitió ella sin salir de su asombro.

–Claro. Queremos que todo parezca auténtico, ¿no? Por Leena, no por otro motivo.

Sintió un arrebato de furia que agradeció y se levantó con Leena en brazos.

–¿Y a Leena no le parecerá raro verte con otras mujeres? Espero que sí.

–No se enterará –contestó él sin inmutarse.

–¿Cómo lo harás?

Él sonrió y mostró unos dientes blanquísimos sobre la piel morena.

–Soy un espectro, Jada. No leerás nada de mí en los periódicos y hay un buen motivo.

–Tampoco leerás nada de mí y el motivo es que soy anodina.

–Yo no soy nada anodino y, si la prensa se enterara de algunas cosas, serían titulares.

Eso, dicho por otro hombre, parecería una fanfarronada, pero Alik lo dijo como si fuese lo más normal del mundo y ella lo creyó.

–Lo que pasa es que no saben nada de mí y pretendo que sigan sin saberlo –añadió él.

–Tienes un concepto muy elevado de ti mismo y de tu atractivo para la prensa.

Efectivamente, tendría muchísimo atractivo para la prensa. Aunque solo fuese porque parecía un modelo. No, no parecía un modelo. Los modelos solían tener una belleza algo andrógina y Alik era rudo. Tenía una cicatriz en el centro de la barbilla y otra en el labio superior. Tenía las manos como si se las hubiesen machacado en algún momento de su vida y se hubiesen curado mal. No se había dado cuenta al principio. Su presencia en general la había impresionado tanto que no se había fijado en los detalles. En ese momento, se preguntó quién era exactamente el hombre con el que iba a casarse.

–No, soy realista. No obstante, el anonimato me viene muy bien.

–Perfecto, porque a mí también me viene muy bien –replicó ella.

–Me alegro de oírlo –Alik sacó el móvil y marcó unos números–. Traiga el coche delante de la cafetería y busque el camino al aeropuerto.

–¿El aeropuerto? –preguntó ella dominada por el pánico y la desesperanza.

–Como he dicho, no hay por qué esperar.

–¿Adónde vamos? ¿A París, Barcelona o Nueva York?

Ella intentó fingir una despreocupación que no sentía, intentó encontrar la fuerza que necesitaba para sobrevivir a ese montón de estiércol que la vida le había arrojado encima.

–Jada, ¿has estado alguna vez en Attar?

Attar era el país de adopción de Alik, el único al que había jurado fidelidad. De niño salió adelante en las calles de Rusia y muy pronto le pidieron que traicionara a su tierra, a su pueblo. Lo hizo. Era difícil resistirse a la promesa de un techo y comida. Al principio, le remordió la conciencia, pero luego, se encalleció. Había pertenecido a muchas naciones y había encabezado muchos ejércitos. Attar era el único sitio que amaba. El jeque Sayid al Kadar y su esposa, Chloe, tenían mucho que ver con eso.

Cuando su avión privado aterrizó en el asfalto abrasador, Leena se despertó sobresaltada y sus estruendosos lamentos lo sacaron de quicio. Nunca le habían gustado los niños. Toleraba a los hijos de Sayid y Chloe, había jurado protegerlos, pero no hacía el papel de tío Alik aunque Sayid fuese lo más parecido a un hermano que había tenido. Tampoco tenía previsto pasar mucho tiempo con su hija aunque, por primera vez, la idea le producía cierta opresión en el pecho que no acababa de entender. ¿Sería porque sabía lo que era el abandono? Desechó la idea. No iba a abandonar a Leena. Iba a alterar toda su vida para cerciorarse de que estuviera cuidada.

–Bienvenida a Attar. Estamos en la pista privada del jeque y no tenemos que esperar.

–¿El jeque?

–Un amigo mío.

–Vaya, efectivamente, eres digno de titulares...

No lo sabía bien. Su amistad con Sayid solo era la

punta de iceberg, pero no iba a contarle su pasado. Se casarían, la instalaría donde ella quisiera y seguiría con su vida. Tenía que anotar la fecha del cumpleaños de Leena en su agenda e intentaría visitarla ese día. Si no podía, le mandaría un regalo. Se puso las gafas de sol y se preparó para el calor de Attar, un calor al que había ido acostumbrándose durante los seis años anteriores. Entonces, cayó en la cuenta de que Jada y Leena no lo estaban. Sacó el móvil.

–Traiga el coche hasta el avión y cerciórese de que está fresco.

Le pareció raro tener en cuenta la comodidad de otros. Casi nunca tenía en cuenta la suya. Habría ido andando hasta el coche o hasta el palacio de Sayid. La verdad era que no le apetecía ir directamente al palacio de su amigo. Le pediría al conductor que los llevara a su palacio.

–Espera a que haya llegado el coche –le dijo a Jada.

–¿Por qué?

–No estás acostumbrada a este calor.

–¿Por qué lo sabes?

–Si no has pasado varios años en el desierto del norte de África, no estás acostumbrada a este calor. ¿Has estado?

–Últimamente, no –contestó ella en tono cortante.

A él le hizo gracia, pero prefirió no reírse.

–Me lo imaginaba.

Cuando vio que el coche negro se paraba cerca de la puerta, le hizo un gesto al piloto para que abriera la puerta y entró una oleada de calor.

–No bromeabas –comentó ella.

–No.

La escalerilla era muy inclinada y le pareció complicado que una mujer tan menuda como Jada pudiera bajarla con una niña de un año en brazos.

–Dámela.

–¿Por qué? –preguntó ella.

–¿Pretendes bajar la escalerilla con ella en brazos?

La idea de tener que volver a tomar al bebé en brazos hizo que su tono fuese más airado de lo que había querido.

–¿Crees que tú ibas a hacerlo mejor? No tienes experiencia con bebés, se te podría caer.

–He acarreado a hombres por laderas de montañas cuando no podían andar. Creo que puedo bajar a un bebé por una escalerilla. Dámela.

Jada obedeció, pero con un gesto de pocos amigos.

–Pasa primero.

Ella bajó y se montó en el coche seguida por él. Había una sillita para la niña en el coche. Habían obedecido sus órdenes al pie de la letra. También debería haber todo lo necesario para un bebé en su casa. El dinero no compraba la felicidad y él lo sabía muy bien, creía que no había sentido un solo momento de verdadera felicidad en su vida, pero el dinero compraba cosas que se parecían mucho a esa sensación tan esquiva. Prefería tenerlo a no tenerlo. Además, ya que había vendido el alma para conseguirlo...

–¿Adónde vamos? –preguntó ella cuando el coche empezó a moverse.

–A mi palacio.

Alik miró por la ventanilla y vio el desierto con las murallas de la ciudad al fondo. Fue el primer sitio donde se sintió cómodo. El desierto era un desafío en un sentido primario. Al desierto no le importaba el bien y el mal. Solo le importaba la fuerza, la supervivencia. Una misión de rescate en ese mismo desierto estuvo a punto de costarle la vida, pero lo llevaba en la sangre.

–¿Tienes un palacio?

–Fue un regalo del jeque.

–Un regalo muy espléndido...

–No tanto si tenemos todo en cuenta.

–¿Qué? –preguntó ella.

No supo por qué, pero se desabrochó tres botones de la camisa, se la abrió y le mostró el último tatuaje, el que cubría la cicatriz más reciente. Ella abrió mucho los ojos y levantó la mano como si fuera a tocarlo para comprobar que la piel estaba tan maltrecha como parecía. Él quiso que lo hiciera, quiso sentir la delicadeza de sus dedos sobre su piel curtida, pero ella bajó la mano.

–¿Eso es parte del interés que tienes para la prensa?

–Podría decirse que sí.

–Tuvo que ser doloroso.

–No especialmente. Creo que el de la muñeca me dolió más –replicó él.

–No me refería al tatuaje.

Él se rio y se sintió sinceramente divertido.

–Ya lo sé.

Se quedaron en silencio durante el resto del trayecto. Jada miró por la ventanilla acariciando el pelo rubio de su hija. Él se preguntó si se parecería a su madre biológica. No se acordaba casi de ella. Tenía una vaga idea de quién podía ser por la ciudad, pero las aventuras de una noche no se le quedaban grabadas en la memoria. Había tenido muchas aventuras con mujeres con las que casi ni se daban los nombres. Se preguntó si un hombre normal se avergonzaría de no acordarse casi de la mujer que era la madre de su hija. Sí, un hombre normal se avergonzaría, pero él había pasado mucho tiempo comprobando que hacer lo correcto significaba muchas veces pasar hambre y que hacer lo incorrecto podía proporcionarle una habitación de hotel y comida para una semana. Hacía mucho tiempo que había aprendido que tenía que definir lo correcto y lo incorrecto a su manera.

La mejor manera que había encontrado de desenvolverse en la vida había sido perseguir todo lo que hiciera que se sintiera bien. La comida y el cobijo hacían que se sintiera bien y había hecho lo que tuvo que hacer para conseguirlos. Más tarde, descubrió que se sentía bien con el sexo. Nunca era despiadado con sus parejas y nunca prometía nada que no fuera a dar. Además, hasta hacía poco, se había imaginado que sus amantes se quedaban con una sonrisa y el aturdimiento posterior al orgasmo. Eso resultó no ser completamente cierto y se quedó desasosegado, hizo que se cuestionara cosas que ya era tarde para cuestionarse.

Su palacio estaba en la costa de Attar, frente al mar, las rocas y la arena bañados por el sol. Estaba en una colina y sus paredes blancas y tejados con cúpulas doradas contrastaban con el paisaje. Allí, junto al mar, el aire era más respirable, no abrasaba por dentro.

—Esta es mi casa. También es tu casa ahora, si quieres.

Quiso retirar lo dicho nada más decirlo. Había varios motivos para que no hubiera mencionado el palacio entre las casas donde podía vivir Leena. El calor era uno, pero había otro. Era su refugio, el único sitio adonde no llevaba mujeres. Sin embargo, en ese momento había llevado a su hija y a la mujer que iba a ser su esposa. Por primera vez en su vida, dudaba seriamente de las decisiones que había tomado.

Capítulo 4

JADA no podía asimilar todo lo que la rodeaba. Estrechó a la sudorosa y dormida Leena contra el pecho y cruzó el patio del palacio para entrar en el lujoso y fresco vestíbulo.

–Nunca había visto nada... parecido.

–Yo sentí lo mismo la primera vez que vine a Attar. Es otro mundo aunque, curiosamente, algunos edificios me recuerdan mucho a los que se ven en Rusia.

–¿Tienes una casa allí? –preguntó Jada al darse cuenta de que no había hablado de ella.

–Sí, pero no voy.

–¿Por qué?

–No tengo ganas de revivir mi pasado.

–¿Y, aun así, tienes una casa allí?

–Supongo que me aferro a parte de ese pasado, pero todos lo hacemos, ¿no?

–Supongo.

Jada cerró las manos y notó el anillo que llevaba en la mano izquierda. Se quitó el anillo de boda un año después de la muerte de Sunil, pero unos meses después volvió a ponérselo en la otra mano. Era una forma de aferrarse a un pasado que no podía recuperar, sabía muy bien lo que era aferrarse a lo que no podía volver.

–He pedido que os preparen unas habitaciones contiguas. Llamaré al ama de llaves para que os las enseñe.

–¿No lo harás tú?

–No sé dónde os ha instalado.

Esa falta de interés casi la fascinó y se preguntó qué se sentiría al vivir sin ataduras ni preocupaciones. Incluso con Leena parecía limitarse a pensar y actuar. Nada le salía del corazón y por eso no dudaba. No sufría, pero tampoco había una convicción verdadera como la suya al haber tomado la decisión de ir allí, al saber que no podía darle la espalda a su hija costara lo que costase. Esa especie de indiferencia podía parecer atractiva, pero ella no la quería. Carecía de una fuerza verdadera. Prefería sufrir por el amor y la pérdida y era mucho mejor haberlo sentido primero. No habría renunciado a los años que pasó con su marido ni cuando más sufrió. Nunca se arrepentiría de su unión con Leena, aunque pudiera perderla.

—Entonces, ¿cómo podré encontrarte en este palacio gigantesco si no sé dónde estás ni tú sabes dónde estoy yo?

Todo era gigantesco en Attar. El desierto era infinito y acababa en un mar que se fundía con el cielo. El palacio era tan grande que hizo que añorara su casa pequeña y acogedora de Portland.

—No había pensado que quisieras encontrarme —contestó él.

Ella, tampoco, pero le molestaba la idea de no poder encontrar a la única persona que conocía.

—Es mejor que quedarme perdida para siempre en esta fortaleza que llamas tu casa.

Él miró el techo abovedado con incrustaciones de oro, jade y ónix.

—¿Una fortaleza? Yo no lo llamaría así. He estado en fortalezas, en prisiones y mazmorras.

—No quiero saber lo que haces en tu tiempo libre —le espetó ella sin saber por qué.

—Lo que hago en mi tiempo libre es fascinante —replicó él con una sonrisa—. Estoy seguro de que a ti te vendría bien un poco de tiempo libre.

Jada sintió una oleada de calor, se le aceleró el pulso

y le sudaron las manos. Su cuerpo era un traidor, pero la cabeza acudió a su rescate.

–Me casaré contigo, pero no voy a acostarme contigo. No será un matrimonio real.

Ya había tenido un matrimonio real, un matrimonio lleno de risas, gritos y sexo. Esa unión con un desconocido, por muy legal que fuese, nunca se parecería a aquello. En su matrimonio hubo seguridad incluso en los momentos más bajos. Alik no tenía nada que se pareciese mínimamente a la seguridad. Él era una ley en sí mismo, como ese desierto en el que se encontraba perdida.

–Al contrario, este matrimonio será muy real en todo lo que cuenta.

–¿Qué quiere decir eso? –preguntó ella con la carne de gallina.

–Todo matrimonio es un documento legal, pero también lo es la adopción, ¿no? Tienes que reunir los documentos legales que necesitas para que tu vida esté en orden.

–El matrimonio no es eso.

–Y tú eres una experta.

–Sí, lo soy.

–No digo que yo tenga experiencia en ese terreno –él la miró a los ojos–, lo que digo es que será todo lo real que tenga que ser para que puedas quedarte para siempre con Leena.

–Sigo sin entender por qué me ayudas.

Él tampoco lo entendía en cierto sentido, pero en otro... era lógico. Una familia era un padre y una madre casados. Esa era la familia tradicional, la que él no había tenido. Había sufrido por no tenerla y no iba a permitir que Leena sufriera por lo mismo. Además, era lo que había hecho Sayid. Se había casado con Chloe para garantizar el porvenir de su sobrino y todo había salido bien. Naturalmente, no contaba con el amor ni con tener más hijos. En realidad, no tenía nada que temer en ese sentido. Nunca había sentido amor. Había sentido lealtad y un vínculo fraternal con Sayid, pero no sabía lo que era el amor. Se lo arrebataron el día que su madre lo abandonó en un orfanato rebosante de niños. No podría haber amor, pero sí una apariencia de legitimidad. No fue un mercenario durante mucho tiempo y después empleó su experiencia como estratega militar en el campo empresarial con un enorme éxito. Sin embargo, había actos a los que la gente llevaba a sus cónyuges o parejas. Nunca había tenido una pareja. No salía con mujeres. Las conocía en fiestas o clubes y las llevaba al hotel más cercano o al asiento trasero del coche. Sin embargo, su vida estaba cambiando. Había abandonado algunas de las costumbres más autodestructivas de su juventud. La verdad era que había ganado mucho dinero como mercenario y eso, unido a que no le importara vivir o morir, era muy peligroso. Sin embargo, en ese momento, las cosas eran distintas. Estaba dispuesto a que lo fueran, en cierto sentido, y se preguntaba si eso sería lo que acabaría alcanzando a ese bloque de hielo que tenía donde debería estar el corazón. Había pasado años al servicio de los placeres de la carne para que su cuerpo pudiera sentir lo que su corazón no podía. Miró a la niña que estaba en brazos de Jada y deseó tener alguna relación, algo que indicara que era sangre de su sangre, su familia. No encontró nada, ningún vínculo mágico. Apretó los dientes.

–Sí, creo que tenerte de esposa me viene bien. He cambiado de profesión durante los últimos años y algunas veces me convendrá tener una esposa que me acompañe a galas y cosas así.

–¿Galas...?

–Sí.

–No he firmado para asistir a galas. He firmado para ser la madre de mi hija –Alik notó que seguía sin decir que Leena fuese la hija de él–, para que me dejes sola en uno de tus áticos.

–Es posible que haya cambiado de idea. Yo también tengo que sacar algo de nuestro trato, ¿no? Como el sexo ni se plantea, creo que lo mínimo que puedes hacer es ponerte un vestido de noche de vez en cuando y acompañarme a un acto.

Ella levantó la barbilla con un brillo mortífero en los ojos.

–Lo que quieras, claro.

Él supo que no lo decía de verdad, que solo estaba dispuesta a aceptar lo que fuese con tal de conservar a Leena. Sintió que le abrasaba el pecho, como si la convicción de ella fuese tan fuerte que había encendido una llama dentro de él. Su hija se merecía eso, esa protección tan intensa que brotaba del amor, que él no podría darle a Leena.

–No me lo creo –replicó él–, pero tampoco espero tu obediencia.

–¿No...?

–No –él se encogió de hombros–. Prefiero las mujeres a las que les gustan los desafíos.

–Yo prefiero que no pienses en mí como si fuera una mujer.

Él miró su figura menuda, sus pechos perfectos y sus delicadas caderas.

–Es un poco tarde para eso. Las curvas te delatan.

Ella volvió a levantar la barbilla con un destello dorado en los ojos.

–Me gustaría ver mi cuarto.

–Entonces, llamaré a Adira.

La muy seria ama de llaves le impidió deshacer el equipaje. Había personas que hacían ese tipo de cosas y ella no podía molestarse. Eso se extendía a las cosas de

Leena. Los dos equipajes habían llegado, inexplicable-
mente, a las pocas horas de que llegaran ellas. Hasta el
momento, Alik había cumplido todas sus promesas y era
difícil odiarlo mucho. Al fin y al cabo, Leena era su hija
e, independientemente de que le pareciera muy irrespon-
sable por haberse metido en esa situación, no podía negar
que era el padre de Leena. ¿Cómo podía negarle a Leena
la posibilidad de conocerlo? Ella era más importante porque la quería y la había cuidado, pero también existía la
relación biológica entre Alik y Leena. La inmoralidad de
toda la situación era nauseabunda. Tomó una manita de
Leena y le acarició los hoyuelos de los nudillos. El precio
que tenía que pagar por estar con ella nunca sería demasiado alto. Si no hubiese aceptado casarse e ir allí con él,
habría perdido a su hija para siempre. Si hubiese aceptado ser su niñera, habría perdido el puesto que le corres-
pondía por derecho propio. Después de los médicos, había sido la primera persona en tener a Leena en brazos,
había sido quien se había pasado incontables noches en
vela con la niña llorando en sus brazos. Era su madre y
casarse con un desconocido y abandonar su país era un
sacrificio pequeño a cambio de momentos como ese.

–Compruebo que estáis instalándoos...

Jada se dio la vuelta y vio a Alik en la puerta. No había oído la puerta al abrirse. Era casi sobrenaturalmente
sigiloso. Era un poco desasosegante, pero todo él era
desasosegante.

–Sí. Creo que a Leena no le importa que el sitio sea
distinto.

–Creo que sí le importaría si no estuvieras tú.

Ella parpadeó por el halago y porque no esperaba
que lo entendiera.

–Tienes mucha razón.

–He hecho algunas llamadas y la boda podrá cele-
brarse este fin de semana.

–Supongo que tu relación con el jeque habrá ayudado... –comentó ella con la boca seca.

–Bueno, no ha venido mal.

A Jada le pareció que la habitación empezaba a dar vueltas.

–Esta mañana, me desperté y fui al juzgado para concluir la adopción. Pensé que era imposible que él llegara y que lo declararían ausente. Ahora, estoy en un país extranjero con un desconocido con el que voy a casarme dentro de tres días.

Ella lo dijo en voz alta, como si así fuese a despertar de un sueño muy raro.

–Esta mañana –replicó él sin alterarse–, me enteré de que se había cambiado la fecha de la vista y fui a un juzgado de otro país para no perder la oportunidad de ver a mi hija. Sabía que si no llegaba, quizá no la viera jamás.

Por primera vez, se dio cuenta de que la vida de Alik también había dado un vuelco. Aunque el vuelco fuese por lo que había hecho él.

–Creo que ha sido un día raro para los dos.

–Eso como mínimo. Uno de los más raros de mi vida, y, si supieras algo de mi pasado, sabrías que eso es mucho decir.

–Sí, me das esa sensación.

–¿De verdad?

–No tienes nada de típico.

Ni mucho menos. Era como un depredador con cuerpo humano. Tenía elegancia natural y la capacidad de saltar a la garganta de alguien en un abrir y cerrar de ojos. Parecía tan cómodo con unos vaqueros, una camisa arrugada y enseñando los tatuajes como con un traje hecho a medida. Era un hombre que cambiaba de identidad con la misma facilidad que respiraba.

–No, supongo que no –confirmó él en un tono extrañamente inexpresivo.

—¿Qué haces? —le preguntó ella.

Por primera vez desde que lo conoció, pareció que lo había sorprendido desprevenido.

—¿Qué hago?

—De trabajo, para ganar dinero. Aparte de que haya jeques en deuda contigo que te regalan palacios, claro.

—Ahora mismo soy experto en tácticas. Voy a empresas y les ayudo con la estrategia para eliminar a la competencia, para aumentar la productividad y los beneficios. Lo que necesiten.

—¿Eliminar la competencia?

Él esbozó una media sonrisa que a ella le pareció perversa.

—Es parecido a lo que hacía antes, pero eso es otra historia.

—¿Lo haces para todo el mundo? ¿No acabas trabajando para los dos bandos?

—Algunas veces, pero siempre soy cien por cien leal a quien paga por mis servicios en un momento dado. No quiero dirigir una empresa descomunal, prefiero ser un agente libre.

—A juzgar por la información económica que he oído en la vista, te va muy bien.

—Bastante bien.

Un bastante bien de ocho cifras, pero no iba a decirlo.

—Estoy... estoy muy cansada.

—¿La niña dormirá contigo o te mando a alguien del servicio para que te ayude?

Jada se sintió molida, incapaz de hacer nada que no fuese arrastrarse a la cama, taparse con la sábana hasta la cabeza y olvidarse de lo que había pasado ese día.

—No, aquí estará bien.

No iba a perder de vista a su hija, ni siquiera creía que fuese a utilizar el cuarto contiguo. Pondría la cuna al lado de su cama.

–Como quieras.

–Necesito tenerla cerca.

–Claro.

Era raro cómo hablaba él. Sus palabras no tenían sentimientos ni comprensión. Como si no entendiera por qué necesitaba tener cerca a Leena.

–Supongo que mañana hablaremos más.

–Sí. Tenemos que hablar de la organización de la boda.

–A mí me da igual –replicó ella–. Contrata a alguien.

–Pensaba hacerlo, pero alguien tendrá que tomarte las medidas para el vestido.

–Claro.

Supuso que sería un vestido de novia de estilo occidental y lo prefería. Su boda con Sunil fue una boda india y llevó el sari rojo con el que había soñado desde que era una niña. Estuvo toda su amplia familia y su madre. Todavía vivía su madre y había sido todo lo que había podido desear. No iba a permitir que esa farsa fuese a contaminar el recuerdo de su boda. Eso tenía que ser algo distinto, una boda sin ningún significado personal para ella.

–Quiero un vestido blanco.

–Díselo a la estilista cuando venga mañana.

–Se lo diré.

Capítulo 5

LOS días siguientes pasaron demasiado deprisa y el día de la boda llegó antes de que pudiera darse cuenta. ¿Por qué iban a celebrar una boda? Por Leena, lo sabía, y también por los amigos de Alik. Se necesitarían fotos de la boda... Le habían asegurado que sería una boda discreta, que solo asistirían Sayid y su familia. Sayid era el jeque de Attar, poca cosa... Tuvo ganas de vomitar. Estrechó el ramo de lirios contra el pecho y miró la tela blanca del vestido. Había pedido que todo fuese blanco para que contrastara completamente con la primera boda, que estuvo llena de color, comida y música. Tenía que ser todo lo distinta que fuera posible. Sin embargo, no estaba consiguiendo tranquilizarse. Entre el fotógrafo, el personal de cocina, los decoradores, el coordinador y el celebrante, había más empleados que asistentes a la boda. Era casi cómico y muy asombroso. No había música. Empezaría a recorrer el pasillo cuando viera a Alik al fondo. Asomó la cabeza por detrás de la cortina que separaba la galería de piedra del jardín tapiado. Lo vio. Llevaba traje, sin corbata y con el cuello de la camisa desabotonado. Estuvo a punto de salir corriendo, pero vio a Leena vestida de blanco y sentada en una de las sillas que habían colocado alrededor del altar. Chloe, la esposa de Sayid, estaba cuidándola, como a sus dos hijos. Por ella iba a recorrer ese pasillo para encontrarse con un desconocido, por ella iba a hacerlo con la cabeza muy alta, era lo mínimo que podía hacer por Leena.

—Puedes hacerlo, Jada —se susurró a sí misma.

Entonces, apartó la cortina y empezó a recorrer el pasillo.

Alik no sabía qué había esperado sentir. La verdad era que no había esperado sentir nada. Sin embargo, cuando vio a Jada con el vestido blanco, las flores estrechadas contra el pecho y el pelo moreno cubierto por un velo, sintió algo. La sangre le hirvió en las venas como la lava, e igual de peligrosa. Era lujuria. Sabía muy bien lo que era la lujuria, pero no quería sentir lujuria por Jada. Era esencial que su trato solo fuese un documento, era esencial para la tranquilidad de su casa y para la vida que llevaba. No podía permitirse la lujuria. Sin embargo, notaba que le atenazaba las entrañas. Cuando Jada puso su mano de suave piel dorada sobre la piel cicatrizada de la de él, sintió que se abrasaba por dentro. Ella lo miró con los ojos muy abiertos, como si también lo sintiera y le gustara tan poco como a él. Había pretendido que ella no tuviera ninguna repercusión en su vida y no la tendría. Se lo repitió otra vez durante la ceremonia. Nada cambiaría independientemente de lo que dijera en ese altar. Sin embargo, ¿qué pasaría si cambiara? La idea intentó abrirse paso entre el hielo que le rodeaba el corazón y la desechó. No se besarían durante le ceremonia porque en Attar no era costumbre besarse en público y había decidido respetar esa costumbre, algo de lo que se alegraba muchísimo. Como si un beso pudiera afectarle... No debería tener esa capacidad después de todo lo que había hecho, pero se preguntó qué sentiría al tocar sus labios con los de él. Eran carnosos y parecían perfectos. Estaba seguro de que tendrían el sabor de la pasión. Estaba acostumbrado a mujeres tan maleadas como él... o casi. Sin embargo, Jada no era así. Si la tocaba, ¿quemaría como quemaban sus ojos? ¿Tendría la capacidad de borrarle las cicatrices que cubrían sus sentimientos y liberárselos? La idea le intrigó y repelió. Era una idea ridícula. No había nada tan fuerte, ni el fuego de la pasión de Jada.

La boda terminó enseguida y lo agradeció. En cuanto los declararon casados, Jada fue a tomar a Leena en brazos. Se preguntó si alguna vez podría hacerlo él, si podría hacerlo como ella por necesidad, si un beso podría transmitir ese tipo de conexión, ese tipo de entendimiento. Sin embargo, ¿qué quedaría de él si perdía la coraza? ¿Sabía si había algo debajo? No lo sabía ni pensaba descubrirlo. Sayid se acercó y los dos se quedaron observando a sus esposas y a sus hijos. Ese momento le confirmó que había acertado. El corazón no se lo confirmaría, no podía, pero la cabeza sabía que había acertado.

—¿Qué has hecho, Alik?

—He hecho lo que dijiste que hiciera. Fui y reclamé a mi hija.

—¿Y la mujer?

—Es la mujer que estaba intentando adoptar a Leena. No podía arrancarle a la niña de los brazos.

Aunque eso fue lo que había pensado hacer al principio. La parecía raro haber creído que daría resultado cuando las dos eran parte la una de la otra.

—¿De verdad? —preguntó Sayid—. No sabía que hubiera alguien que había estado cuidándola.

—Sí. ¿Habría cambiado tu consejo?

—No necesariamente. ¿Cómo ha acabado casándose contigo?

—Se lo propuse. Ella seguirá con la niña y creará una familia como es debido. Hice bien.

—Has desarraigado a las dos de sus países. Has obligado a una mujer que te conoce desde hace cuatro días a casarse contigo.

–¿Te parece muy distinto de lo que hiciste con Chloe?

–Fue distinto –contestó Sayid con el ceño fruncido.

–En absoluto.

–Yo tenía sentimientos hacia ella cuando nos casamos.

–Lo sé –reconoció Alik ligeramente divertido por el recuerdo.

Despertó la ira de su amigo al dar a entender que no fue nada caballeroso durante la breve estancia en el palacio de la costa con la que en ese momento era su esposa.

–¿Tú no tienes sentimientos hacia esta mujer?

–Claro que no, Sayid, no tengo casi sentimientos.

Alik esbozó esa sonrisa que lo había sacado de todos los embrollos imaginables.

–Eso crees.

–Eso sé.

–Alik, una vez me dijiste que no jurabas nada que no fueses a cumplir.

Alik se sintió incómodo al recordarlo. Eso era lo que había hecho, había jurado algo que no pensaba cumplir.

–También te dije que evito los juramentos siempre que puedo. Hoy ha sido imposible.

Miró a Jada, quien tenía a Leena en el regazo. Su piel dorada tenía un ligero tono gris y sus labios estaban blancos como la tiza. Era desdichada. Sintió una extraña punzada en el pecho.

–Esto es distinto. Ella sabe lo que pasa –añadió Alik.

–¿Crees que es suficiente? ¿Crees que lo que ha pasado hoy, lo que has dicho, no va a importar?

–No es un matrimonio normal. Es para proteger a mi hija y para proteger los derechos de Jada, algo que ella impuso. Esto tiene sentido.

–Pronto comprobarás que las mujeres y los niños no tienen sentido casi nunca –replicó Sayid entre risas.

–Conozco a las mujeres.

–Sí, pero no conoces a las esposas.

Jada estaba en su cuarto mirando a Leena, que estaba dormida. Sayid y Chloe se habían quedado un rato, pero, por muy agradables que fuesen, se alegró de que se hubiesen marchado. Estaba cansada de representar el papel de novia, si no feliz, al menos conforme. La tensión estaba a punto de conseguir que se desmoronara. Llamaron a la puerta con delicadeza.

–Adelante.

Se abrió la puerta y entró Adira. El ama de llaves sonreía muy poco, pero esa vez le sonrió.

–El señor Alik le pide que lo acompañe a una cena tardía.

–Yo... –sintió que no podía negarse con Adira mirándola así–. ¿Y Leena?

–Me quedaré en este piso. Si llora haré que vayan a buscarla inmediatamente.

Adira estaba siendo simpática, pero tenía el aire de alguien que no consentía tonterías ni a quien se le podía llevar la contraria. Le recordó un poco a su madre.

–Gracias.

Jada se levantó de la cama y se preguntó si debería cambiarse otra vez. Se había quitado el vestido de novia en cuanto llegó a su cuarto y se había puesto un traje vaporoso y sencillo. No se cambiaría, daba igual lo que llevara para ver a Alik, su marido. El pánico se adueñó de ella. Intentó ver una imagen de Sunil. Alik no era su verdadero marido. El corazón se le aceleró mientras bajaba la escalera y empezó a acordarse de la boda. Cuando Alik le tomó la mano, notó sus dedos curtidos y muy ardientes. Fue un calor que se le acumuló en las entrañas y que le recordó mucho a... No. Ni siquiera iba a pensarlo. No la había excitado. Era apuesto a su manera... Bueno, decir que era apuesto parecía banal y carente de peligro. Alik Vasin no tenía nada de eso. Era rudo y peligroso y ese peligro tenía un magnetismo que desafiaba toda lógica. No se parecía a nada que hubiese conocido jamás. Parpadeó. Pensar eso le pareció una traición. No solo a su matrimonio, sino a quien era ella. No era una mujer que perdiera la cabeza por un hombre impresionante, un hombre que ni siquiera le gustaba. Se secó la palma de la mano en el traje como si quisiera borrar la sensación del contacto de su carne y sofocar el calor que la dominaba, pero no lo consiguió.

Terminó de bajar la escalera en curva y llegó a un pasillo muy largo con un resplandeciente suelo negro. El palacio era como un laberinto y todavía no lo conocía bien porque había pasado esa semana sin salir casi de su cuarto y del de Leena. La ventaja era que resultaba muy fácil esquivar a Alik y esquivarlo había sido una de sus prioridades. El inconveniente era, sencillamente, que hacía mucho tiempo que un hombre no la tocaba. Demasiado desde que sintió alguna atracción o excitación. No le había interesado. Seguía sin interesarle, solo era una desconexión entre el cuerpo y el cerebro, nada preocupante, seguía teniendo el dominio de sí misma. Tomó una bocanada de aire y entró en el comedor. Alik estaba sentado a la cabecera de la mesa. La habitación solo estaba iluminada por unos candelabros colocados en la mesa que ensombrecían el rostro de Alik. Acababa de pensar que era peligroso, pero esas sombras hacían que sus pómulos parecieran más angulosos y los ojos hundidos. Eso, por sí solo, debería haberle bastado para sofocar el calor, pero la palma de la mano le ardía más todavía.

–¿Has descansado? –le preguntó él.

–No estoy segura.

Ella se tocó el anillo de la mano izquierda, no el que

le habían puesto ese día. Era un recordatorio de lo que era
real y de lo que no lo era. Luego, se sentó por la mitad de
la inmensa mesa. Si se hubiese sentado a la otra cabecera,
habría parecido una cobarde y, como era una cobarde,
tampoco iba a sentarse al lado de él.

–Quería cerciorarme de que comes algo. No pro-
baste nada del banquete de boda.

–Estaba demasiado nerviosa para comer.

–Parecías muy tranquila.

–He aprendido a disimular lo que siento.

–Excepto aquel día en el tribunal...

Ella se acordó con toda claridad de cuando se sentó
a llorar en el suelo. No se sentía avergonzada. La idea
de perder a su hija merecía un sentimiento tan intenso.

–No podía ni pensar en contenerme.

–¿La boda te ha gustado?

–No –contestó ella–. Y ese era mi plan.

–¿Tu plan? –él frunció el ceño–. Acércate. No quiero
pasarme toda la cena gritando.

Ella obedeció, porque no quería parecer una cobarde,
y se sentó a dos sillas de él.

–¿Mejor?

–Sí. Ahora, cuéntame ese plan.

Para contárselo, tendría que hablar de Sunil y había
estado evitándolo porque le parecía mal hablar de él con
Alik, el hombre que se había convertido en su marido.
Era muy complicado.

–Yo... Esta ha sido mi segunda boda.

–¿De verdad? –preguntó él como si estuvieran hablando del tiempo.

–Sí. No quería que esta boda se pareciera a mi boda.
No era mi boda... en ese sentido.

Él levantó la copa de vino y la miró dándole unas vueltas.

–¿Qué le pasó a tu primer marido?

Alik no les daba importancia a las sutilezas sociales, aunque no le disgustó. Al menos, preguntaba lo que quería saber. Al menos, hablaba aunque dijese algo desagradable. Sin embargo, eso, esa comparación con su marido era una traición...

–Sunil tenía una dolencia cardíaca desde siempre. Al menos, eso fue lo que me dijo el médico. No se la habían detectado y un día... el corazón se detuvo. Estaba trabajando. Lo llevaron al hospital y lo mantuvieron vivo un tiempo, pero fue apagándose.

–¿Cuándo fue eso?

–Hace tres años.

–¿Lo amabas?

–Lo amo mucho. No... no de la misma manera, claro, pero siempre lo llevaré en el corazón.

Notó una opresión en el pecho y la agradeció. Era mucho mejor que ese calor que había sentido hacía un rato, mucho más seguro que esas sensaciones nuevas y descarnadas que había sentido durante las semanas pasadas.

–Yo nunca he perdido a nadie a quien quisiera así. Supongo que tuvo que costarte.

–¿Nunca has perdido a nadie que quisieras? Eres muy afortunado.

–La verdad es que nunca he amado a nadie –replicó él en un tono gélido y aterrador–. La ventaja es que nunca sientes la pérdida.

–¿Y tus padres? –preguntó ella.

–Nunca los conocí. Mi madre me dejó en un orfanato cuando tenía dos años o casi tres. La fecha de mi nacimiento la decidió la mujer que trabajaba en el orfanato y el nombre me lo pusieron igual, más o menos. No tengo el apellido de ningún familiar. Luego, cuando el orfanato se llenó, me expulsaron a la calle.

–Lo... lo siento.

–No lo sientas.

Entraron dos sirvientes, que dejaron una bandeja delante de cada uno, y se marcharon tan discretamente como habían entrado.

—Tuvo que ser doloroso —comentó ella.

—Eso era lo único que conocía y, como sabrás, es imposible sentir lástima por uno mismo cuando tienes que vivir la vida.

Lo sabía. La vida continuó cuando estaba en el momento más doloroso y fue una de las cosas que más la enfureció. Tenía que ir a la tienda de alimentación, tenía que comer, tenía facturas... No tuvo tiempo de hundirse en el dolor como le habría gustado. En ese momento, comprendía que había sido una bendición.

—Es verdad.

—He pensado que deberías adoptar mi nombre, como Leena —dijo él de repente.

—¿Qué? ¿Por qué?

—No querrás tener un apellido distinto al de tu hija, ¿no?

—No... no lo había pensado...

—Le diste el nombre de pila y no voy a cambiárselo, pero quiero que tenga mi apellido. Es mi única familia... y tú también deberías tenerlo.

—Yo no... —Patel era su nombre de casada, pero Sunil ya no era su marido—. No sé si puedo...

Después de lo que le había contado sobre la trabajadora del orfanato que eligió su nombre, podía entender que fuese importante para él, pero no podía hacerlo en ese momento. Cambiarse el apellido era como cambiarse a sí misma y no podía permitir que Alik tuviera ese poder.

—Es lo más lógico.

—Lo sé —reconoció ella—, pero he sido tan lógica durante la semana pasada que tengo el corazón apaleado y creo que no puedo hacer esto también. Hoy te has convertido en mi marido, algo que era, que es, el hombre que amaba. Si tomo tu nombre, tendré que renunciar al de él.

–A mí me da igual –replicó él en tono tajante–. Depende de ti. Creí que querrías que nuestra familia tuviese el mismo apellido.

–¿Somos una familia?

Se detestó por haberlo dicho. Sabía que, después de lo que le había contado, era como una puñalada, pero no pudo evitarlo.

–Es lo más parecido que he tenido.

Él contestó con la misma despreocupación y desapego que siempre, como si se limitara a constatar un hecho. Ese hombre solo tenía cabeza. No, eso no era verdad. Había algo más, algo sombrío y aterrador, algo carnal y sensual que brotaba de muy dentro de él. Ella no sabía hasta qué punto su propio cuerpo estaba intrigado por eso.

–Lo pensaré. Puedo hacerlo en cualquier momento.

–Claro. Hasta entonces, sin embargo, le daré mi apellido a Leena.

–Leena Vasin... –dijo ella en voz baja.

Volvió a mirar al hombre que tenía enfrente y se dio cuenta. Leena se parecía mucho a su padre. La expresión que ponía cuando estaba malhumorada era como la que tenía él en ese momento.

–Le sienta bien –añadió Jada sorprendiéndose a sí misma por lo sincera que era.

Leena era la hija de Alik y, en ese momento, se alegraba de que él estuviese en su vida. Ese sentimiento variaría, pero, en ese momento, se alegraba de que Leena tuviese un padre.

–¿Sabes una cosa? –preguntó ella lentamente–. Se parece a ti.

Los ojos de Alik estaban entre sombras y fue imposible saber lo que pensaba.

–¿De verdad? –preguntó él en un tono tan inescrutable como siempre.

Era imposible interpretar sus sentimientos o saber lo que pensaba si no lo decía.

—Sí. Cuando está a punto de estallar, se le forma una arruga entre las cejas, como a ti. Además, sus ojos son más verdes, pero también tienen el tono gris de los tuyos.

—No me había fijado.

—Yo tampoco, hasta ahora.

Alik volvió a mirar su copa de vino.

—Deberíamos comer antes de que se enfríe.

—Sí.

Ella no supo lo que había comido y cuando les retiraron los platos, no podía acordarse de lo que les habían servido.

—¿Quieres que te enseñe el camino a tu cuarto?

Jada dudó. No entraba luz por las ventanas que le indicara el camino, pero le desasosegaba la idea de recorrer los pasillos oscuros con Alik. Se le encogía el estómago y le costaba respirar. Aun así, tampoco quería dar vueltas por el palacio más tiempo del necesario.

—Sí, por favor. Si no te importa...

Alik se levantó y Jada volvió a darse cuenta de lo imponente que era. No sabía por qué le parecía tan fascinante. Se alejó con su elegancia natural, con el silencio mortífero de un depredador. Parecía imposible que un hombre tan alto y ancho pudiese ser tan silencioso al moverse. Lo siguió al pasillo oscuro y sintió un escalofrío.

—¿No hay una antorcha en la pared que puedas tomar para iluminar el camino?

Alik se detuvo y se dio la vuelta. Ella se estremeció un poco más. Él alargó una mano, la puso sobre la pared y... se hizo la luz. La expresión de su cara solo podía definirse como «sarcasmo».

—Podría, pero me parece mucho más fácil encontrar los interruptores de la luz.

—Me habría encantado saberlo antes y no haber tenido que recorrer este sitio medieval a oscuras.

Él se dio la vuelta y siguió andando por el pasillo. Ella solo veía su espalda ancha y musculosa.

—¿Por qué iba a vivir en un sitio sin las comodidades modernas? He vivido en la calle, he estado en prisiones, he vivido sin lujos modernos y no me gusta.

—¿Has estado en la cárcel? ¿Cómo puede ser que el juez te considere un padre más apto que yo?

—Creo que no se trataba de quién era más apto, sino de quién era más familia. Sin embargo, si eso te tranquiliza, el tribunal no vio ningún certificado de antecedentes penales.

—¿Cómo es posible?

—Para empezar, dudo que la mafia rusa tenga un archivo de todos los niños de la calle que encierran para darles una lección. Para continuar, no creo que las facciones militares en las que estuve alistado informaran a Estados Unidos del tiempo que pasé en la cárcel, ni a ningún otro país. Además, es posible que los revolucionarios victoriosos borraran los archivos y esas cosas.

Ella se paró en seco y él siguió andando.

—Espera un momento. ¿Qué hacías?

—Lo que hago ahora para empresas, antes lo hacía para gobiernos o, como he dicho, para revolucionarios. Según quién pagara.

—Eras un mercenario.

Por primera vez, se dio cuenta de que tenía motivos para que se le pusieran los pelos de punta y para tener esa sensación de peligro. Alik Vasin era, o había sido, un hombre muy peligroso... y acababa de casarse con él.

—Supongo que ese es el nombre exacto de la profesión, pero nunca le he dado mucha importancia. No he pagado impuestos, pero eso tampoco voy a ir contándoselo a un tribunal.

Jada cerró los puños y se clavó las uñas en las palmas de las manos.

—Me imagino que los impresos no tienen una casilla para esa actividad.

—No.

—¿Cómo... cómo te metiste en algo así?

Tenía curiosidad, aunque sabía que no debería tenerla. Debería salir corriendo, pero, aunque seguía sintiendo la sensación de peligro que emanaba de él, no le tenía miedo.

—Ya te lo dije, era huérfano. Un día, por accidente, me crucé en el camino de la mafia rusa cuando estaba robando carteras en la calle. Después de darme una lección —Alik se pasó un dedo por una cicatriz que tenía en el mentón—, el hombre al que había intentado robar me preguntó cómo lo había hecho. Él no se había dado cuenta de que le había quitado la cartera, se lo dijeron sus guardaespaldas, que iban detrás de él, alrededor de mí.

—¿Qué le dijiste?

—Le expliqué que esperaba a que la calle estuviese muy concurrida, que esperaba que mi objetivo estuviese a cierta distancia y que cuando iba a quitársela, todo se ralentizaba y no me costaba nada. Eso le gustó.

—¿Te puso a robar carteras?

—No, pero yo tenía doce años y lo que él vio fue la cabeza de un estratega. Tenía razón. Tenía la capacidad de ver todos los ángulos de una situación, excepto, claro, cuando me atrapaban. No vi a los guardaespaldas. Eso me ha molestado siempre.

—¿De verdad?

—A nadie le gusta perder. En cualquier caso, así empecé a trabajar para el crimen organizado. Me ayudaron a perfeccionar mis dones y me explotaron hasta que fui demasiado conocido en Moscú, hasta que me cansé de hacer lo mismo. Fue cuando tenía dieciséis años o así, pero los abandoné con mucho dinero en los bolsillos, aunque también tengo que decir que no me gusta caminar solo por las calles de mi ciudad. No me fiaba de hasta dónde podía llegar la buena voluntad con la que nos separamos.

—¿Qué pasó?

Estaba fascinada, aunque debería estar aterrada. Él empezó a andar otra vez y ella tuvo que acelerar el paso para llegar a su altura.

—Entonces, descubrí que tenía cierta reputación. Un hombre me encontró cuando estaba en Japón y me pidió que ayudara a una milicia a derribar a un gobierno muy represivo.

—¿Los ayudaste?

—Cobré bien, no trabajo para la beneficencia.

—Pero hiciste el trabajo.

—Sí, y lo hice bien. Entonces, se supo por todos lados.

—¿Y te dedicaste a eso? ¿Te contrataste como un... arma?

—Durante algunos años.

—¿Y luego?

—Tuve una misión aquí, en Attar. Había que intentar reforzar las fronteras, pero, por primera vez, la misión salió mal y el jeque Sayid cayó prisionero —ella captó cierta emoción en su voz—. Aunque me habían ofrecido otro trabajo, más dinero, supe que no podía abandonarlo.

—Lo apreciabas.

—Yo era el cabecilla de la misión y, si salió mal, fue por mi culpa. Cuando acepto dinero para ayudar a una de las partes, soy leal a esa parte hasta que el trabajo esté hecho.

—Y lo apreciabas.

—Sayid es el hombre más honorable que he conocido

durante toda una vida rodeado de hombres dispuestos a vender a sus abuelas por lo que consideran la gloria. Fue estimulante conocer a alguien que solo sentía fidelidad hacia su familia y hacia su país, independientemente de lo que pudiera conseguir en otro sitio. Sayid cayó preso porque se desvió de la misión, porque se detuvo para impedir que dos soldados atacaran a una mujer. Yo no habría hecho lo mismo si hubiese estado en su lugar porque, en aquellos tiempos, solo me importaba la misión, el plan. Sayid hizo que mirara más allá.

Jada notó que algo cambiaba en su corazón. No estaría empezando a entenderlo, ¿verdad? Se había criado en un hogar de clase media de los Estados Unidos y sus padres lo habían arriesgado todo, habían abandonado su país, para que sus hijos vivieran una vida mejor. ¿Cómo podía entender a un hombre que había pasado toda la vida solo, a un hombre que había presenciado y, probablemente, cometido actos espeluznantes? No tenía sentido. Aun así, le pareció que lo entendía. No sabía cómo ni por qué... si sería por las hormonas, porque era tan musculoso que la aturdía... Sin embargo, esas hormonas no se encontraban en el corazón y de allí brotaba gran parte de esa sensación que sentía hacia él. La tristeza y la alegría por que hubiera encontrado a Sayid... Además, lo más peligroso era que quería saber más cosas, que él le producía curiosidad, que quería saber qué había bajo esa coraza que lo separaba del mundo. No mostró sentimientos mientras habló de su infancia ni de su vida como mercenario, hasta que habló de Sayid.

–¿Así acabaste con un palacio en el desierto?

–Sí, esa es la versión larga de la historia. La versión corta es que un jeque me regaló un palacio. La que les doy generalmente a las mujeres.

Él guiñó un ojo y se dirigió hacia la escalera que los llevaría al cuarto de ella.

–¿Qué dicen de tu vida como mercenario?

–No voy por ahí contando eso.

–¿Qué les dices que haces?

–No suelen preguntarlo.

–¿No?

–No.

Tenía que subir los escalones de dos en dos para poder seguir su paso. Era unos treinta centímetros más alto que ella, que medía un metro y sesenta centímetros.

–¿Qué preguntan?

Él se detuvo y se dio la vuelta. Ella no consiguió parar a tiempo y se quedó con los ojos justo a la altura de su pecho.

–Normalmente, no hablan tanto –contestó él mirándola fijamente a los ojos.

Ella contuvo el aliento y le costó mantenerse erguida. Nunca había estado tan cerca de un hombre tan... tan «demasiado». Era demasiado viril, demasiado rudo, demasiado sexy, demasiado inmoral, demasiado carente de sentimientos, demasiado desconocido para que le flaquearan las rodillas. Aun así, a su cuerpo no parecía importarle el sentido común.

–Entiendo.

–¿Lo entiendes? –preguntó él ladeando la cabeza.

–Sí...

¿Por qué no se apartaba? Si retrocedía, demostraría que su cercanía le ponía nerviosa y él no tenía por qué saberlo. Tenía que subir la escalera para poder respirar otra vez.

–Te parece mal –dijo él dándose la vuelta y subiendo la escalera otra vez.

Ella consiguió soltar el aire que había estado conteniendo.

–No lo juzgo –replicó ella.

–Sí lo juzgas.

–Solo un poco. Es evidente, como demuestra Leena, que no te controlas muy bien cuando se trata de las mujeres.

–Me controlo muy bien.

–¿De verdad?

Llegaron a lo alto de la escalera, pero Alik no encendió la luz.

–De verdad –contestó él cruzándose de brazos–. Decir que no me controlo muy bien da a entender que no puedo dejar de tener aventuras con mujeres cuando la verdad es que lo hago porque quiero. Salvo que esté de servicio, no sé qué sentido tiene la abstinencia.

–No sé ni qué decir a eso. Además, tampoco demuestra que te controles muy bien. Me pareces obsequioso contigo mismo.

–Soy increíblemente obsequioso conmigo mismo y con mis colaboradores, pero eso no quiere decir que no me controle.

Se acercó a ella, quien se alejó de él. Su espalda chocó contra la pared y dejó de respirar.

–Yo creo que sí –insistió ella.

–Jada, si no pudiera controlarme... –él se acercó un poco más– lo sabrías.

–¿Lo sabría...?

Maldijo a su boca. Era parte del motín de su cuerpo contra el sentido común.

–Ya te habría besado. Te habría tomado entre los brazos, te habría lamido el cuello y los pezones hasta que se hubieran endurecido.

Ella giró la cabeza hacia un lado. Era lo único que podía hacer para no mirarlo, era lo único que podía hacer para no caer en su red. Él se rio y ella volvió a mirar hacia delante. Estaba alejándose por el pasillo.

–Tienes suerte de que sepa controlarme muy bien.

Se le ocurrieron todo tipo de insultos, pero el dominio de sí misma le impidió soltárselos. Tardó un momento hasta que pudo hablar otra vez.

–No te dejaría.

–No estoy muy seguro –él se paró ante una puerta que se parecía a todas las demás–. Tu cuarto.

–Sí –dijo ella, aunque no estaba nada convencida–. Y no te dejaría.

La miró y sintió que todas las palabras abrasadoras que había dicho él se derramaban sobre ella, notó bajo la piel la posibilidad de un placer sensual como no había conocido. No supo de dónde había salido eso. Conocía muy bien el sexo y dudaba que hubiera algún placer sensual que no hubiese conocido. El sexo estaba muy bien y le gustaba, pero, según su experiencia, no era como para perder la cabeza. Además, era imposible que con Alik fuese mejor. Había amado a su marido y ese hombre ni siquiera le caía bien. El amor mejoraba el sexo, el amor era lo que había estado esperando, el amor y el matrimonio. No había habido nadie desde entonces porque los sentimientos eran más importantes que el deseo y ella lo sabía, casi sentía lástima de Alik por no entenderlo. También sentía lástima de su pobre y traicionero cuerpo con el corazón acelerado y las manos sudorosas. Estaba por encima de eso, no iba a dejarse arrastrar.

–Si tú lo dices... Que duermas bien.

–Lo haré.

–Nos veremos mañana.

No quería verlo al día siguiente, quería fingir que al día siguiente todo eso se evaporaría. Sin embargo, se despertaría todos los días en un palacio del desierto con el mar batiendo bajo su ventana. Si bien eso parecía agradable sobre el papel, la presencia de Alik Vasin lo estropeaba.

Capítulo 6

ALIK no tenía ningún motivo para quedarse en Attar... y en abstinencia. Sin embargo, allí estaba, confinado en el palacio y con la mujer y la niña que lo ocupaban. Habían sido dos semanas muy raras. Al principio, lo había justificado diciéndose que no quería volver a molestar a la niña con otro viaje. Luego, tuvo que esperar la documentación de la adopción por parte de Jada para firmar lo que tuviese que firmar. Más tarde, pensó que no debería dejarlas allí, que era un sitio muy remoto, desértico y peligroso. Fue de un lado a otro por la terraza que daba a la piscina. La piscina, como la terraza, era otro de esos peligros. Tenía que ocuparse de que todo fuese seguro. No había caído en la cuenta de todos los peligros que había en el mundo hasta que la niña entró en su vida. Algo casi cómico si se tenía en cuenta que él se había enfrentado a la muerte más veces que la mayoría de la gente, aunque el peligro le daba igual si se refería a él. Sin embargo, le helaba la sangre pensar que esa niña tan pequeña e indefensa pudiera estar en peligro. Hasta el suelo del palacio le parecía demasiado duro. Volvió a su cuarto y bajó la escalera. Jada estaba en el comedor con Leena en su regazo, quien sujetaba un plátano con su manita regordeta.

—Los bebés no son nada funcionales.

—¿Cómo dices?

—Son demasiado pequeños. Es irracional.

–¿Te parece? –preguntó ella con un brillo burlón en los ojos que lo irritó.

–Sí.

–Deberías haberla visto cuando era una recién nacida. Pesaba dos kilos y medio y no era más larga que tu antebrazo.

–Eso es completamente irracional –insistió él mirándose el brazo.

–Pero era preciosa.

–Además, son ruidosos, demasiado ruidosos para ser tan pequeños.

–Lo mejor para no perderlos.

–Eso sí es funcional.

Jada sonrió y él sintió una punzada en las entrañas. Más irracional que los bebés era la atracción que sentía por su esposa. Era hermosa y no era raro que la sintiera, lo raro era la persistencia, que fuese tan absorbente. No estaba acostumbrado a dedicarle más de una mirada a una mujer y a pasar a la acción si ella quería o a marcharse si no quería. Sin embargo, no recordaba a ninguna mujer que no hubiese querido. Quizá esa fuese la diferencia. Jada no lo deseaba o, mejor dicho, no quería desearlo con una vehemencia que brotaba de ese cuerpo menudo. Era inusitado y no tan disuasivo como le habría gustado que fuese. Debería mantenerse alejado de ella. Que lo tentara tanto debería ser suficiente advertencia.

–Me alegro de que encuentres algo funcional en tu hija.

–Era un comentario sobre todos los bebés. El tamaño de su cabeza también me preocupa.

–¿Te preocupa? Imagínate lo que nos preocupa a las mujeres, que tenemos que parirlos.

–Tú no lo hiciste.

Se dio cuenta inmediatamente de que no debería haberlo dicho. Nunca le había importado si lo que decía era hiriente o no. No estaba acostumbrado a conversar mucho con nadie, solo con Sayid. Aparte, en las reuniones con la mayoría de las personas había poco que decir. En los clubes la gente bailaba o bebía y a él le gustaban las dos cosas, pero no se conversaba y, además, aunque siempre se había considerado simpático, le impresionó comprobar que conversar con mujeres no era su punto fuerte. Por eso, lamentaba todavía más que las relaciones sexuales con Jada fuesen imposibles. Al menos, en el dormitorio la dejaría satisfecha, con certeza.

—Eso que has dicho ha sido una majadería.

Jada se levantó con Leena estrechada contra el pecho. Él sintió que la frustración le bullía por dentro y deseó poder entender esas cosas, los sentimientos. Le dejaba en desventaja en situaciones como esa y no soportaba sentirse en desventaja.

—Lo sé —reconoció él porque lo entendía, aunque no supiera el motivo.

—Entonces, ¿por qué lo has dicho?

—Solo he querido hacer un comentario.

—No hagas comentarios como ese.

—Entonces, explícame por qué ha sido una majadería.

—¿Hay que explicarte por qué es ofensivo que tengas que rebajarme como madre de Leena? Me casé contigo para que ni tú ni nadie dudara de mi papel como madre de Leena. ¡Al decir que no parí a Leena querías dejarlo sin significado!

—¿Cómo puedo quitarle el significado por un comentario? No he roto el certificado de matrimonio ni los documentos de adopción y eso es lo que te otorga esa categoría.

—Tu problema es que todo es blanco o negro para ti. O es un vínculo de sangre o es un documento, pero el corazón no entra en juego. No puedes hacer eso.

Jada se marchó y lo dejó solo. ¿Por qué no se habría marchado? Dejaría de preocuparse por la seguridad de Leena, se acostaría con una mujer y dejaría de obsesionarse con Jada. Sacó el móvil y llamó a su ayudante personal.

–Luca, desvíame las llamadas. Me quedaré trabajando en Attar durante un tiempo.

Se sentó a la mesa, apoyó la mano y notó un trozo de plátano aplastado.

–¡Café!

No le importó parecer exigente. Tenía que tener el control sobre algo porque le parecía haber perdido el control de muchas cosas desde que Jada Patel entró en su vida.

Leena estaba dormida y Jada la envidió. Su hija no tenía preocupaciones ni remordimientos. Ella, en cambio, iba de un lado a otro en la oscuridad sintiéndose culpable y ardiente, un poco sucia. Estaba molesta con Alik, pero también se sentía atraída por él por muy hiriente que fuera. Ese sentimiento no fue instantáneo. Lo había odiado mucho al principio y no lo apreciaba mucho más en ese momento, pero al tenerlo cerca había captado otras cosas. Resopló, salió del dormitorio y bajó la escalera para dirigirse al jardín. Todavía le costaba moverse por el palacio, aunque menos desde que sabía que había interruptores. Sonrió al acordarse, pero se obligó a no tener recuerdos que la hicieran sonreír de Alik. Si seguía, recordaría lo que le había dicho en el pasillo sobre besarla y acariciarla. Le bulló la sangre. Tenía que ser de furia porque lo que le dijo fue grosero, no excitante. Abrió la puerta doble que daba a la piscina y el jardín. Se dirigió hacia la piscina, que estaba en una terraza sobre el mar. Se detuvo al oír ruido de agua, y no eran las olas. Se preguntó si habría ido allí intencionadamente, con la esperanza de que pudiera encontrarlo. Él no la había visto. Ella pudo distinguir su sombra en la piscina iluminada. Era como un tiburón. Tenía que dejar de compararlo con depredadores, hacía que se sintiera una presa. Sintió otra oleada de calor. ¿Qué le pasaba? ¿Dónde estaba la sensata y pragmática Jada?

–¡Jada! –la llamó él sacando la cabeza del agua y mirándola.

–¿Cómo sabías que estaba aquí?

–Si no pudiera percibir la presencia de la gente, ya estaría muerto.

–Lo dices con mucha seguridad.

–Estoy seguro.

Nadó hasta el borde de la piscina, apoyó las manos y salió del agua. El agua se deslizó por sus músculos. A ella se le secó la garganta y sintió sed, pero eso hizo que se imaginara pasándole la lengua por la piel para beber las gotas y...

–No podía dormir –le explicó ella–. Evidentemente, tú tampoco.

–No.

Alik tomó una toalla de una silla y se secó el pecho. Ella lo miró fijamente y pudo ver mejor el tatuaje del pecho. Cuando levantó el brazo para secarse el pelo corto y moreno, vio otro tatuaje en el bíceps, eran unas palabras.

–¿Qué significan? –preguntó ella.

–¿Este? –él señaló el ancla de la muñeca–. Nada. Esa noche estaba muy borracho.

–¿Y el del pecho? Está escrito en árabe, ¿no?

–Sí. Me lo hice cuando se curó esa maldita herida. Nunca me quejo del dolor, pero esa dolió. Fue después de que Sayid cayera prisionero. Tardamos un año en encontrarlo. Un año haciendo de todo para que sus enemigos dijeran dónde estaba. Me la hicieron justo antes de que lleváramos a cabo la misión para rescatarlo. Cuando fui a buscar a Sayid sabía que saldría o caería con él. Afortunadamente, sobrevivimos.

—Sí, afortunadamente.

Él sonrió y sus dientes resplandecieron en la oscuridad.

—No pareces alegrarte mucho de que saliera vivo, Jada.

—No le desearía la muerte ni a ti ni a nadie. Me alegro de que Leena tenga un padre.

Aunque le gustaría que Leena tuviese un padre que pudiera quererla. Alik protegía con uñas y dientes a su hija, pero sin cariño. Casi parecía como si le diera miedo tocarla.

—Pero te gustaría que no fuese yo —replicó él con un sentimiento que la sorprendió.

—No necesariamente.

—Sería la hija de tu marido si él siguiera vivo.

Ella cerró los ojos para contener la tristeza. Era típico de Alik decir las cosas más dolorosas de una forma despreocupada, sin entenderlo ni darse cuenta. Sunil no habría sido el padre de Leena porque no creía que él hubiese querido adoptar un hijo. Eso le dolía y la desconcertaba.

—Pero no lo es —ella abrió los ojos—. No está aquí y he pasado esa página.

—¿Has pasado esa página?

—Sí —contestó ella, aunque era mentira.

—Explícame cómo has pasado página. ¿Has tenido otros amantes?

Ni siquiera había mirado a otro hombre, hasta Alik.

—No, estaba concentrada en la adopción.

—Entonces, ¿cómo pasaste página?

—¿Cómo se pasa página?

Ella sabía que él no lo sabría. No entendía los sentimientos y el dolor, las cosas como lo que significaba amar a alguien.

—Lo que quiero decir es que esa parte de mi vida es parte de mí, que esa soy yo.

—¿Qué quieres decir con eso?

—Pasé casi toda mi vida adulta siendo su esposa, aprendiendo a vivir con él como hace cualquier matrimonio. Cocinaba como a él le gustaba...

—¿Hacías el amor como a él le gustaba?

—También —contestó ella sonrojándose.

—¿Y lo que te gustaba a ti?

—El matrimonio es transigir. Tú das y tu cónyuge da. Encontráis una forma nueva de amoldaros. Cuando lo pierdes...

—¿Los cambios dejan de tener sentido?

—Algo así.

—Quizá ella hubiera estado mejor con tu primer marido que conmigo.

—No lamento el lugar que ocupas en la vida de Leena —replicó ella porque era verdad.

—Yo creo que sí lo lamentas.

—No, Alik. Lo que lamento es el lugar que ocupas en mi vida.

—Entiendo. ¿Qué te parece tan rechazable?

—Eres mi marido... y no deberías serlo —contestó ella con la voz entrecortada.

—Sinceramente, ¿habías pensado casarte otra vez?

—No.

—Entonces, ¿qué te importa lo que yo sea? Para ti, todo es corazón, Jada. Da igual que sea tu marido según un documento, lo único que debería importarte es que no lo soy en tu corazón.

Quiso gritar que sí le importaba porque solo un hombre debería tener ese título. La unión entre las personas

no se creaba por firmar un documento, pero había algo.
Ser el marido era una posición significativa lo quisiera
ella o no. Ese era el problema. No era que no sintiera
nada, sino que empezaba a sentirlo. Quizá se debiera a
la relación que tenían con Leena. Podía sobrellevar eso.
Tenían que sentirse unidos por Leena porque querían lo
mejor para ella y habían hecho lo mejor para ella. Sin
embargo, dudaba mucho que Alik sintiera algo por
Leena, pero era lógico que ella sí sintiera algo por el
instinto maternal y esas cosas. Nada más.

—No entiendo que estés tan tranquilo. Esto no era lo
que esperaba de mi vida.

—Quizá esa sea la diferencia entre tú y yo. Yo no esperaba nada de mi vida.

—¿Qué quieres decir?

—Me levantaba todos los días sin saber si volvería a
acostarme. Vivía todos los días como si fuesen el último. No puedes sentirte defraudado por el rumbo que
ha tomado tu vida cuando es una sorpresa que sigas
vivo.

Sus palabras la dejaron helada hasta el tuétano, pero,
a la vez, el fuego de su mirada hizo que le ardiera el
alma. Siempre había planificado y se había preocupado.
Siempre se había aferrado a la vida como el don precioso que era. Sin embargo, muchos planes cuidadosa-
mente trazados habían quedado destruidos. ¿Qué se
sentiría con una coraza como la de Alik? ¿Sería más fácil la vida? Quizá. Todo había sido tan complicado durante tanto tiempo que no podía imaginarse que fuese
sencillo en algún momento. La vida de Alik no había
sido sencilla, ni siquiera había sido feliz, pero él parecía
contento con ella.

—Aparte de eso, siempre podría intentar que te sin-
tieras más casada conmigo —siguió él.

Se acercó un poco y ella supo lo que iba a pasar.

También supo que tenía que impedirlo, que no debería hacer caso al pulso acelerado, que debería ser sensata y racional. Sin embargo, lo observó con la garganta seca y la respiración entrecortada. ¿Por qué no se marchaba? Porque no quería. Le rodeó la cintura con el brazo y la estrechó contra sí. Se le empapó la camiseta de algodón y se le endurecieron los pezones. No llevaba sujetador porque iba a acostarse y se alegraba. Le tomó la barbilla con el pulgar y el índice para que lo mirara y algo se prendió dentro de ella. El deseo fue tal que amenazó con arrasarlo todo si no se satisfacía. Le pasó el pulgar por los labios y ella abrió la boca, lo succionó levemente y él dejó escapar un gruñido. La estrechó con más fuerza y la besó. Su lengua, sensual y profunda, le recorrió los labios antes de entrar. Nunca la habían besado así, con esa avidez. No sabía de dónde había surgido esa voracidad y tuvo que preguntarse si habría sido de ella. Ese beso era distinto porque nunca había anhelado a un hombre de esa manera. Apoyó las manos en su pecho húmedo y notó el corazón que latía con fuerza, que demostraba que sentía la misma intensidad que ella. Bajó una mano a su trasero y la estrechó más contra la dura evidencia de su deseo. Ella apartó las manos de su pecho y las introdujo entre su pelo. Él subió la mano y la acarició por debajo de la ropa interior. Lo anheló más todavía. Introdujo la otra mano por debajo de la camiseta, le tomó un pecho y le acarició el pezón con el pulgar. Ella se arqueó, le arañó la espalda y dejó caer la cabeza hacia atrás. Él le besó y le lamió el cuello. Levantó la mano y le quitó la camiseta con un movimiento imprevisto. Luego, volvió a besarla más profundamente y dejó de pensar, dejó de recordar por qué quiso una vez evitar eso, dejó de recordar por qué estaba allí y quién era. Solo sabía que quería más. Dejó de acariciarle el trasero, le pasó la mano entre los muslos e introdujo unos dedos entre los húmedos pliegues. Si hubiese podido pensar, se habría avergonzado por lo evidente que era que lo deseaba, pero solo podía pensar en el placer que le abrasaba las venas. Un dedo le alcanzó el clítoris y apartó la boca de la de él para dejar escapar un grito sofocado, aunque ensordecedor en la quietud de la noche.

Entonces, cayó en la cuenta con una fuerza estremecedora. Estaba medio desnuda, en el exterior, con un hombre al que casi no conocía y estaba a punto de dejarle que hiciera el amor con ella. Se apartó con la respiración entrecortada y miró alrededor para buscar la camiseta. Se agachó para recogerla y se la puso entre una letanía de maldiciones.

–¿Qué ha pasado? –preguntó Alik.

–¿Qué ha pasado? Me has besado y estabas desnudándome y... acariciándome.

–¿Vas a fingir que no te gustaba? No tolero esas cosas.

–Yo no hago cosas así.

La miró lentamente, de arriba abajo y ella sintió que se abrasaba ora vez.

–Pues deberías, porque las haces muy bien.

–¿Qué quieres decir con eso? –preguntó ella abrazándose.

–Que me ha gustado besarte y acariciarte, que me encantaría llegar a la conclusión lógica.

–¿Con qué fin?

–El orgasmo, claro –contestó él con el ceño fruncido.

–¿Eso es lo único que te importa? ¿Te da igual enturbiar lo que estamos intentando hacer para Leena si llegas al orgasmo?

–¿Por qué iba a enturbiarlo?

–¿De verdad eres tan obtuso? –lo miró y vio su rostro inexpresivo–. Te daría igual, ¿verdad?

–Lo que hagamos en el dormitorio estaría al margen de Leena.

–Pero el sexo no está al margen de una relación, está entrelazado con ella. No puedes pasarlo por alto durante el día.

–¿Por qué? No entiendo que el sexo esté relacionado con lo cotidiano. Es una liberación de adrenalina, mi forma favorita de liberarla, pero no afecta a lo que hago el resto del tiempo.

–Por eso no podemos, porque yo no puedo separarlo, porque yo sé lo que puede significar, lo que puede unir a las personas, y tú nunca lo sabrás.

–No tengo una necesidad especial de saberlo.

–Ya lo sé, Alik, y ese es otro problema.

Jada volvió hacia la casa haciendo un esfuerzo para no mirarlo. Eso podría parecer como si se arrepintiera. No se arrepentía, no podía. Esas cosas podrían parecerles bien a algunas personas, a Alik, pero no a ella. El amor era más importante que la lujuria. Por mucho que creyera que deseaba a Alik, eso era algo físico y lo físico no era tan importante. Le gustaba lo físico, pero luego no podía acurrucarse con lo físico ni desayunar con ello por la mañana. No la abrazaría cuando lloraba. Lo físico solo era bueno para una cosa y ella no vivía así su vida. Ella no era así.

Naturalmente, eso significaba que pasaría el resto de su vida físicamente insatisfecha porque no iba a enamorarse y sin amor no habría sexo. Se mordió el labio inferior por la excitación inconclusa e intentó no pensar en lo mucho que le gustaría vivir la vida como Alik, por una noche.

Alik fue de un lado a otro de su despacho. ¿Qué le pasaba a él? ¿Qué le pasaba a ella? Lo había deseado,

¿por qué lo negaba? Se pasó los dedos entre el pelo y vio que el móvil parpadeaba.

–¿Dígame?

–Esperaba el buzón de voz...

–Estoy despierto. ¿Qué pasa?

–Soy Michael LaMont. Hablamos hace unas semanas.

–Lo recuerdo –dijo Alik apretando los dientes.

–Me preguntaba si habrías pensado en lo que te conté.

–¿En tu empresa en decadencia? Sí, he pensado.

–¿Has tomado alguna decisión?

–Todavía no.

–Me encantaría que vinieras unos días a París. Tráete a tu esposa si quieres, o a otra mujer si necesitas un descanso.

Eso era exactamente lo que necesitaba. Un descanso, los clubes de París y las mujeres de París.

–Me parece una buena idea. Iré mañana mismo. Ya va siendo hora de que salga de Attar.

Ya iba siendo hora de que se alejara de Leena, de Jada y de todo lo que le alteraba la vida. Ya iba siendo hora de acostarse con una mujer y de olvidarse de ese deseo irracional por Jada. Ellas se quedarían en Attar y en París, solo, él encontraría al hombre que siempre había sido.

Capítulo 7

DALE instrucciones a la doncella para que te haga el equipaje. Nos vamos a París dentro de dos horas.

Jada se quedó atónita, pero él, mucho más. Había pensado ir al comedor para decirle que se marchaba una semana y que Leena y ella se quedarían allí. Sin embargo, no fue eso lo que dijo.

—¿Dos horas? —preguntó Jada sin salir de su asombro.

—Sí. No tengo más tiempo y no querrás quedarte sola en este desierto, ¿verdad?

—No lo sé. La alternativa es ir a tu piso de soltero de París, donde tú estarás, ¿no?

—Vas a acompañarme. No voy a dejarte aquí. Es una cuestión de seguridad.

—¿De seguridad? Estamos muy bien. Tenemos todas las comodidades modernas...

—No me gusta la idea de dejaros solas.

—Alik, tienes como cien empleados. Estaremos bien.

—¿De verdad estás resistiéndote a ir a París? Ninguna mujer lo haría. ¿Qué te pasa?

No la entendía. Intentaba no ir a París y rechazaba el sexo cuando estaba deseándolo.

—¿Qué me pasa? Por fin estoy aceptando la idea de que esta es mi vida, estoy encontrando una rutina, y ahora quieres sacarme de aquí.

—El plan nunca fue que te quedases aquí.

–Lo sé.

–El plan era que me acompañases a actos de trabajo si hacía falta. Ahora hace falta.

Era mentira y tuvo cierto remordimiento de conciencia, algo que no sabía que tuviera.

–Es verdad, Alik, pero no acepté obedecer todas tus órdenes, así que bájate esos humos. Si tengo que estar preparada dentro de dos horas, será mejor que vaya a ver lo que necesito.

–Le diré a una doncella que lo haga. ¿Has dicho que me baje los humos?

–¿No oyes bien? Sí, lo he dicho y lo pienso.

–Nadie me habla así.

–¿Hay alguien que te hable durante más de cinco minutos? Aparte de Sayid, claro.

–No, muy poca gente lo hace. ¿Sabes por qué, Jada?

Ella dejó a Leena en el suelo, sobre su manta, y se cruzó de brazos.

–¿Por qué, Alik? Explícamelo, por favor.

–Porque la gente inteligente me tiene miedo. Saben que puedo darles la espalda en cualquier momento, aunque esté sonriéndoles. Si me pagan por cambiar mi lealtad, la cambiaré.

–Yo no te tengo miedo, Alik.

–Creo que sí me lo tienes.

–Crees mal.

–No, Jada, sé que me tienes miedo. Quizá no tengas miedo de que pueda hacerte daño y no debes tenerlo. Nunca he hecho daño a una mujer o un niño y nunca lo haré. Sin embargo, creo que tienes miedo de lo que podría pasar si te toco o te beso otra vez –se acercó mirándola a los ojos y deteniéndose luego en el palpitar del pulso en la base del cuello–. Sí, tienes miedo de eso, de que te toque.

Casi tanto como el que tenía él de que lo tocara. Sin embargo, cuanto más peligroso era algo, más lo deseaba. Alargó la mano para acariciarle la mejilla y Jada retrocedió como si hubiese visto una serpiente. Estaba aterrada de que quisiera volver a sentir su piel, de que quisiera más de lo que había conseguido la noche anterior cuando debería esperar que no volviese a ocurrir jamás. Sin embargo, no le tenía miedo a él, se tenía miedo a sí misma.

—Que no lo desee no quiere decir que tenga miedo —replicó ella.

—Sin embargo, sí lo deseas.

—No —Jada se agachó y tomó a Leena en brazos—. Ya tengo bastantes cosas en mi vida y tú también. Tenemos una hija y tenemos que ser sus padres juntos.

—Ya te dije que no creo que vaya a actuar mucho como padre.

—Yo creo que sí —lo desafió como había hecho él con ella—. Creo que vas a tener que hacerlo. Leena no es un florero que estaba en tu familia desde hace generaciones, es de tu sangre.

—No quería evitarla por mí, sino por ella. Sabes el motivo.

Lo sabía. Alik decía las peores cosas en los peores momentos, y eso cuando no quería hacer daño. No tenía nada donde debería tener sentimientos. La imagen de un agujero vacío donde debería tener el corazón hizo que a ella le doliera el corazón. Él nunca había tenido amor o una familia. Se había convertido en el hombre que era por las circunstancias, pero, aun así, eso no hacía que fuese menos real y que a él le costara menos sobrellevarlo.

—Sé que es posible que no lo sepas porque no conociste a tus padres, pero los niños son capaces de perdonar muchos defectos porque han nacido queriéndote y confiando en ti. En este momento, tienes ese amor y esa confianza. Independientemente de lo que digas o hagas, serás el padre de Leena y, si no lo intentas, ella llevará una vida dolorosa por la decepción y por romper ese lazo. Ella tiene ese lazo, Alik.

–No parece apreciarme mucho –comentó él mirando a Leena.

–Te aprecia y te querrá más cuando crezca. Te amará, serás su héroe. Así ven las niñas a sus padres, así vi yo al mío. Murió cuando yo tenía diecisiete años y me quedé conmocionada. Me parecía invencible, siempre me sentía segura cuando él estaba cerca.

–¿Cómo murió?

–Mis padres eran mayores. Fui una sorpresa para ellos. Nací dieciséis años después que mi hermano. Eran maravillosos y no pasé mucho tiempo con ellos, pero mi padre, tratándome como a una princesa, me enseñó cómo podía esperar que me tratara un hombre. Nunca me habría conformado con menos porque me enseñó sin palabras lo que me merecía. Tú tienes la oportunidad de hacer eso con Leena... o no.

–Voy a cerciorarme de que están haciendo el equipaje.

–Claro.

Alik se dio media vuelta y se marchó. Ella sintió tal oleada de sentimientos que creyó que iba a caerse de rodillas. Sin embargo, no se sentía tan desesperanzada como antes porque había visto sentimientos en los ojos de Alik, había visto miedo. No quería defraudar a Leena y estaba en el camino de amarla, lo supiera él o no. Sin embargo, en ese momento sufría por él porque estaba perdido en una situación que no entendía. Era dominante e increíblemente resolutivo, tenía dinero, poder y carisma a espuertas cuando quería, pero no entendía el amor y, en esa situación, era infinitamente más incapaz que ella. Cuando se trataba de sentimientos, ella tenía el poder y él se quedaba indefenso. Dio un beso a su hija en la cabeza y le prometió que le enseñaría a su padre a quererla porque se lo merecía.

Ya había estado en un avión privado de Alik, pero viajar de esa manera seguía impresionándole. Estuvo en India para visitar a su familia política, pero no podía decirse que fuese muy viajera y, una vez en París, ver esos sitios que había visto en las películas le pareció irreal. Después de ver la torre Eiffel, se quedó más impresionada todavía cuando llegó a la casa de Alik. A un lado había un callejón con una pastelería y algunos cafés y en el otro lado estaba la propia torre. La base de hierro podía verse desde las ventanas de la cocina y el resto, desde los dormitorios. Era una visión irreal en la oscuridad. Como si el palacio de Attar no fuese suficiente para demostrar el poder de Alik, esa casa en el corazón de París dejaba las cosas en su sitio.

—Este es tu cuarto y el de Leena está al fondo del pasillo. El dormitorio principal está en el último piso.

—¿Solo el dormitorio principal?

—Y mi despacho.

Alik era muy obsequioso consigo mismo y estaba dándose cuenta poco a poco. Quizá porque ella hacía las cosas de forma muy distinta. Debería asquearle esa actitud, pero, en cambio, estaba fascinada. No había mucha gente que fuese tan sincera con su egoísmo. Él se había hecho una vida para sí mismo y parecía feliz... todo lo feliz que podía ser. Eso la entristeció y le recordó que, algunas veces, tener todo lo que se quería no hacía la vida más satisfactoria.

—¿Qué vamos a hacer mientras estemos aquí?

—Mi posible cliente nos ha proporcionado entradas para la ópera mañana por la noche y al día siguiente me reuniré con él.

–¿La ópera? Nunca he ido.

No debería querer ir con Alik. Era como una cita, no podía llevar a una niña de un año...

–Entonces, te enriquecerá mucho culturalmente –comentó él sin mirarla.

–¿Y Leena?

–He contratado a una niñera para que se ocupe de ella durante nuestra estancia aquí.

–¿De verdad? –preguntó ella con una rabia apenas contenida–. ¿No deberías haberme consultado?

–Se encargó Adira y confío en ella tanto como en cualquiera.

Ella se dio cuenta de que no había dicho que confiaba plenamente. Alik no confiaba en la gente y esa era otra pieza del rompecabezas, un rompecabezas que tenía que resolver para entenderlo e intentar que él tuviera una relación positiva con Leena.

–Aun así, me gustaría que en el futuro me consultaras.

–Claro, mi princesa, lo que quieras –replicó él en tono burlón.

–Es mi hija y casi nunca la he dejado sola.

Debería decirle que no quería ir a la ópera, pero sí quería ir. No salía desde hacía mucho tiempo.

–No le pasará nada. Estará dormida casi todo el tiempo, como ahora.

–Lo sé, pero... no puedes evitar preocuparte por los niños.

–Es verdad –Alik frunció el ceño–. Entonces, ¿es un sentimiento general?

–Sí. Todo el mundo se preocupa por sus hijos.

–Yo también... –dijo él con una media sonrisa.

Mientras se arreglaban para ir a la ópera, Alik se preguntó por qué la habría invitado. Podría haber invitado a otra mujer, podría haber ido a un club la noche anterior y conocer a alguien o, mejor aún, no haber ido a la ópera. Sin embargo, había invitado a Jada y quería llevarla. Quizá fuese porque sabía que era algo que ella nunca haría y parecía cansada, en parte, por su culpa. Además, dijera lo que dijese, no había pasado página. Todavía lloraba a su marido y hasta él podía notarlo, aunque no entendiera ese sentimiento ni ningún otro.

Se encontró esperándola al pie de la escalera de su casa con el pulso acelerado. Esperaba verla con el vestido que le había elegido. Eso también era algo inusitado. Nunca se había preocupado por vestir a una mujer, no sabía nada de moda femenina ni de ninguna, pero había visto ese vestido en un escaparate esa tarde y había sabido que era para ella. Oyó los tacones y levantó la mirada. Se quedó sin respiración y no pudo tragar saliva. La tela carmesí resaltaba la piel dorada de Jada y el escote sin tirantes dejaba entrever sus pechos perfectos y provocativos. El vestido se ceñía a la cintura y luego caía sobre las caderas en una cascada de tela. Cuando dio el primer paso, el vestido se abrió y permitió vislumbrar las piernas de Jada.

—La ranura es demasiado grande —comentó ella mientras bajaba.

—Es demasiado pequeña —replicó él sin poder dejar de mirarla.

Ella se detuvo al pie de la escalera.

—Nunca llevo ropa así, deja ver demasiado.

—Lo sé. Es perfecta.

—Un punto de vista muy masculino.

—Soy muy masculino.

—Desde luego.

—Entonces, no te sorprenderá.

—Me encantaría haberme negado a ponérmelo por principio, pero no tengo más ropa de gala e, independientemente de que creo que enseña demasiado, me gusta –reconoció ella.

–Sabía que te gustaría. Mejor dicho, sabía que me gustaría a mí y era lo único que me importaba.

–¿Me has vestido para complacerte? Es un poco egoísta, pero no es ninguna novedad.

–Puedes disfrutar de mí para complacerte, Jada, si te sirve de algo...

Ella se sonrojó un poco y ladeó la cabeza.

–Estás muy bien. Nunca te había visto con corbata.

–Es una ópera... –comentó él llevándose una mano al nudo de seda azul oscuro.

–Sí, pero te presentaste en el tribunal en vaqueros.

–Pero me cambié antes de la vista –dijo él mientras abría la puerta.

–Es verdad.

El coche los esperaba fuera. Él levantó una mano cuando el conductor fue a salir y le abrió la puerta. Ella entró y él entró después. Tenía la cabeza baja, pero la levantó y lo miró.

–No he salido con un hombre desde... ya sabes desde cuándo.

–¿Estás saliendo con un hombre?

–No, bueno... algo parecido.

–Creo que yo no he salido jamás con una mujer.

–Eso es imposible.

Jada miró por la ventanilla y él miró lo que miraba ella. Era la primera vez que veía esa ciudad y era interesante verla con la emoción y fascinación de ella.

–No salgo con las mujeres, princesa, me acuesto con ellas.

–Entiendo.

–Te parezco grosero. También lo entiendo, pero no miento.

–Te lo agradezco.

–Sin embargo, a efectos de esta noche, vamos a salir juntos.

–Creo que podré sobrellevarlo si tú puedes.

–He esquivado fuego enemigo y más de una vez no lo he esquivado del todo, así que creo que podré sobrellevar salir con mi esposa.

Las palabras se quedaron flotando en el aire. Nunca se había referido a ella como su esposa porque, aunque consideraba que estaban legalmente casados, nunca se la había imaginado ocupando ese lugar. Quizá ella tuviese razón y el matrimonio fuese algo más que un documento para él también. Sin embargo, eso no explicaba que la hubiese llamado su esposa.

–De acuerdo –concedió ella mientras el coche frenaba.

El coche se paró y él volvió a detener al conductor. Se bajó y rodeó el coche para abrirle la puerta a Jada. Le tendió la mano y ella la tomó. Él no la soltó.

–Como estamos saliendo...

Entraron en el vestíbulo rebosante de gente de esmoquin, con vestidos largos y tantas joyas que podrían llenar las cajas fuertes del Banco Mundial. La miró mientras avanzaban y se fijó en el suelo y las columnas de mármol, en la araña que colgaba del techo con cristales resplandecientes. Hacía mucho tiempo que eso no le impresionaba, que ni siquiera se fijaba. Cuando era un niño y entró en el crimen organizado, la riqueza y el refinamiento le impresionaron, pero llegó a acostumbrarse y se empañaron al saber todo lo que se hacía para conseguir esas cosas. Aunque había vivido casi toda su vida en ese mundo, nunca se había sentido plenamente integrado en él. Sin embargo, parecían recuperar su esplendor al verlas a través de los ojos de Jada. Era raro, interesante y maravilloso en cierto sentido.

–Tenemos que subir –comentó él señalando la escalera curvada.

–¿No me dirás que tenemos un palco privado?

–El palco real. En realidad, es el palco que usaban el zar de Rusia y su esposa cuando venían a París. Creo que nuestro anfitrión se ha sentido muy ingenioso al meterme ahí.

–El zar Alik. No está mal.

–Zarina...

Él inclinó levemente la cabeza y le complació ver que se ruborizaba. Le tomó la mano y la llevó hacia las escaleras. Una cortina de terciopelo azul hacía de entrada y otras a juego cubrían la parte delantera e impedían que nadie pudiera ver dentro del palco.

–Lo curioso de estos palcos es que no tienen la mejor vista del escenario. Estás enfrente y eso da prestigio. Si te sientas en el centro, estás prácticamente dentro del escenario. Tenemos una cortina y la gente mirará hacia aquí y se preguntará quiénes somos. Para eso están pensados.

–Muy ostentoso –comentó ella.

–Mucho, pero eso es lo que hace la gente con el dinero.

–No es lo que has hecho tú –replicó ella mientras se sentaba–. No sales en los periódicos...

–Porque nunca me ha interesado la atención pública –le explicó él mientras también se sentaba.

–¿Qué te interesa?

Era una buena pregunta. De niño quiso sobrevivir. De adulto, se había cansado. Había desafiado a la vida y había salido ganando. Sin embargo, tenía a Leena y todo había cambiado otra vez.

–Muchas veces, la vida solo era lo que estaba haciendo. Si no estaba muerto, tenía que hacer algo. Nunca me ha preocupado mi vida como a otras personas. Aceptaba misiones que nadie más aceptaba. He saltado de aviones o montado en moto a toda velocidad.

–¿Quieres decir que querías morir?

–No, pero, si estaba vivo, quería sentirlo.

–¿Coqueteando con la muerte?

–No tiene mucho sentido, ¿verdad?

–Sí lo tiene. ¿Cómo se llama la obra?

–*La traviata*. Ella muere al final.

–¡Me la has chafado!

–No... Es una ópera, ella siempre muere al final.

Alik se dejó caer contra el respaldo y ella se quedó en silencio. Las luces fueron apagándose y se abrió el telón. Empezó a sonar la música. Estaba sentada en el borde de la silla sin poder apartar la mirada del escenario. La observó ponerse en tensión cuando pasaba algo. Le pareció muy hermosa, desprotegida. Sabía que la gente también creía que él estaba desprotegido. Quizá lo estuviese porque nunca había tenido nada que proteger. Estaba tan curtido, tan insensibilizado, que no podían hacerle daño. Jada tenía luz por dentro, complejidades tan delicadas que sería muy sencillo y despiadado dañarla. Le preocupaba y hacía que se sintiera más fascinado por ella. Cuando llegó el intermedio, casi no podía respirar, y no era por lo que había pasado en el escenario. Ella se relajó y se dejó caer contra el respaldo.

–Es maravilloso...

–Sí, lo es –confirmó él con un nudo muy raro en la garganta.

Ella se levantó y se estiró. Los pechos se elevaron dentro del vestido. Ella estaría menos tensa por el intervalo, pero él sentía como si algo fuese a estallarle por dentro, como si se hubiese dado cuenta de que tenía un dique que contenía un torrente de destrucción. Tenía que detenerlo con algo sencillo que él pudiese entender. Se levantó con las manos temblorosas y el corazón acelerado. Jada lo miró y se quedó petrificada. Se sintió como una gacela acechada por un depredador, pero, sin saber por qué, supo que no iba a correr. La ópera era hipnótica y despertaba un mundo de sensaciones, aunque no entendiera lo que decían. Además, en ese momento, Alik la miraba como si la deseara, más aún, como si la necesitara. Sus ojos tenían algo sombrío y mortífero, algo desesperado. Le gustó. Era muy distinto a esa superficie plana, sin profundidad, que solía mostrar. En ese momento, cuando la miró a los ojos, su presente y su pasado se desvanecieron. Solo quedó Alik y el anhelo tan intenso que hacía que sintiera. Era aterrador, real y tentador. Era como una llama oscura, tan hermosa que no podía dejar de mirarla, tan peligrosa que supo que no debería tocarla, pero alargó una mano.

Capítulo 8

CUANDO los dedos de Jada alcanzaron la piel abrasadora, se estremeció, pero no quiso apartar la mano ni desviarse del camino que había tomado. Entonces, Alik dejó escapar un gruñido, la tomó entre los brazos y la empujó contra la pared, detrás de las cortinas. La besó con voracidad y desesperación, como siempre había fantaseado ella.

–Alik... –susurró ella, aunque no supo si para que se detuviera o continuara.

La besó en el cuello y en el hombro mientras le acariciaba el cuello. Dijo algo en distintos idiomas, como si su cerebro no pudiera centrarse en uno solo. Le complació porque estaba igual de desorientada, arrastrada por las sensaciones que se adueñaban de ella. Él apoyó la otra mano en una cadera y fue separando la abertura del vestido para acariciarle la piel.

–Alik –repitió ella en tono de advertencia.

–No es el momento de hablar –replicó él besándola.

No quería hablar, quería besarlo y esa orden le pareció bien. Aunque sabía que había un motivo para detenerlo, no se acordaba de cuál era y tampoco le habría importado en ese momento. Lo besó, se deleitó con su lengua y permitió que la avidez de él aumentara la suya propia. Le quitó la chaqueta de los hombros. Él gruñó, sus dedos la agarraron del cuello, pero lo soltaron y empezaron a acariciarle las clavículas y el nacimiento de los pechos. Tomó aliento y notó que se le habían endurecido los pezones por el anhelo de sus caricias.

—Dímelo —le ordenó él besándole el cuello.

—Acaríciame los pechos —dijo ella sin saber por qué era tan fácil decirle lo que quería.

En ese momento no había tiempo para dudar, para avergonzarse. Estaba al borde de algo y supo que solo él podía llevarla al otro lado. Le tomó los pechos entre las manos y le pasó los pulgares por encima de la tela. Ella le deshizo el nudo de la corbata. No había tiempo. La música estaba sonando otra vez, pero le dio igual porque su anhelo no estaba satisfecho. Esa parte de ella había estado enterrada durante tres años. No había sentido deseo, no había anhelado las caricias y los besos de un hombre. En ese momento, la sensación era tan abrasadora, tan dolorosa y hermosa que tenía que dejarse llevar aunque la arrastrara a la ruina absoluta. Eso era algo más que el deseo que había conocido, era irracional, no era ella misma. Bajó la cabeza y recorrió el borde del vestido con la lengua. Ella introdujo las manos entre su pelo para retenerlo allí un momento. Sus dedos le rozaron el borde de las bragas, entraron por debajo de la tela de seda y dentro de los húmedos pliegues. Dejó escapar un gemido que sofocó la música.

—Lo... haces tan bien... —dijo ella con la voz entrecortada.

Él no dijo nada y se rio levemente mientras le lamía el cuello para besarla otra vez. Introdujo un dedo más profundamente sin dejar de acariciarle el clítoris y ella se arqueó deseosa de todo lo que pudiera darle. Se agarró a la pechera de su camisa mientras se entregaba a sus diestras manos. La llevó hasta el límite, pero no lo cruzó. La excitó como nunca había estado.

—Alik, ya.

Le acarició el musculoso pecho, bajó las manos

hasta la hebilla del cinturón, lo abrió y le desabotonó los pantalones. Él se los bajó y ella tomó la erección con la mano. Era muy grande. Sinceramente, y sin entrar en comparaciones, nunca había visto una así. Sin embargo, no se sintió nerviosa. Lo necesitaba con toda su alma y sabía que él podía dárselo.

Él recogió la chaqueta, sacó la cartera del bolsillo interior y encontró un preservativo. Ella estuvo a punto de resoplar de alivio. Al menos uno de ellos podía pensar.

—Déjame.

Tomó el envoltorio de sus manos, lo rasgó y le puso el preservativo. Él le apartó las bragas y la colocó con una mano en el muslo. Tanteó la entrada con la punta de la erección y ella contuvo el aliento cuando fue entrando lenta, plena y perfectamente. Se arqueó y la tomó del trasero para estrecharla más contra él. Lo besó en la boca y se aferró a él mientras los arrastraba al éxtasis. Estaba muy cerca, lo había estado desde que la tocó, pero quería que durara, quería que siguiera dentro de ella, nunca había sentido algo parecido. Era el anhelo físico saciado, sobrepasado. Acometió con más fuerza y se sintió aplastada contra la pared con Alik enfrente, rodeada por él, entregada a él. Cuando se acercó el clímax intentó contenerlo. Era demasiado y demasiado deprisa. No sobreviviría, no se parecía a nada que hubiera conocido antes. La sensación, la presión no cabía en su cuerpo. Entonces, estalló. Fue algo deslumbrante y hermoso que la arrasó y solo pudo aferrarse a Alik. Notó que él también se liberaba, que sus músculos se ponían en tensión, que se estremecía de placer y que la erección palpitaba dentro de ella.

Hasta que volvió al mundo real. Donde la música sonaba cerca y nada estaba borroso. Se dio cuenta de lo que había hecho, dónde y con quién.

—No... —susurró dejándose caer contra su pecho con una mano en la boca.

–¿Qué...? –preguntó él con la voz ronca.

–Acabamos de... –Jada miró alrededor, pero no pudo ver a nadie desde detrás de la cortina–. Estamos en público.

Además, había tenido una relación sexual con otro hombre, con un hombre al que no amaba, con un desconocido aunque fuese su marido. Si iba a estar con alguien que no era el hombre al que amaba, tenía que haber algún motivo aparte de la lujuria. Era una burla a los valores que quería transmitir a su hija, a todo lo que había creído de sí misma y a lo que había vivido con el hombre que amó... y lo había hecho en un teatro lleno de gente. Por un momento aterrador, se sintió a la deriva. No era ella. Ella era sensata, se acostaba a las nueve, no con desconocidos en el palco de la ópera. Se le empañaron los ojos de lágrimas y se quedó espantada. No quería llorar delante de él después de haberse arrojado en sus brazos. Lo había deseado y eso era lo que más la aterraba. Su cuerpo todavía vibraba por el orgasmo y le temblaba por el esfuerzo de contener las lágrimas.

–Tengo que marcharme.

–La función no ha terminado –replicó Alik en tono tenso con los ojos como ascuas.

–Sí, Alik. Ha terminado. Para mí, ha terminado.

Se dio media vuelta y salió del palco. Había gente en el pasillo, gente que habría podido entrar. Le temblaron las piernas y sintió náuseas mientras bajaba la escalera, llegaba al vestíbulo y salía a la calle. Recorrió la fila de coches hasta que encontró al conductor de Alik. Abrió la puerta.

–Señora Vasin... –dijo él dando un respingo.

–Sí –ella no se molestó en corregirlo–. Lléveme a casa.

–¿Dónde está el señor Vasin?

–No puede marcharse todavía. Lléveme a casa.

–Pero el señor...

–Si el maldito Alik Vasin tiene tantos recursos como me ha hecho creer, podrá volver a casa y yo no voy a preocuparme por él. Lléveme a casa.

Se sentó con el corazón desbocado y el coche empezó a alejarse del teatro. Miró hacia atrás y vio a Alik que salía del teatro sin chaqueta y con la corbata suelta.

Capítulo 9

ALIK maldijo cien veces a Jada mientras volvía en una limusina conseguida de mala manera. Había sobornado a uno de los conductores que esperaba y había dejado en tierra a otro espectador de la ópera, pero no iba a sentir remordimientos por eso. Si Jada había salido corriendo, nada podía preocuparle ni importarle cuando todavía le ardía el cuerpo y cuando ella había ardido entre sus brazos. Maldita fuese... Debería ir a un club y emborracharse en vez de perseguirla, pero necesitaba perseguirla y volver a casa. Entre la rabia, se preguntó si el beso de ella, el cuerpo de ella, le habría transmitido su pasión. Por eso no debería haberla tocado. Sin embargo, las compuertas ya estaban abiertas y los dos iban a tener que sufrir las consecuencias.

Cuando la limusina se detuvo, se bajó, cerró de un portazo y se dirigió a grandes zancadas hacia su casa. No recordaba haber estado nunca tan enfadado. Estar enfadado implicaba sentir algo y perder el dominio de sí mismo, algo que no le ocurría jamás. Subió los escalones de dos en dos, se quitó la corbata y la tiró al suelo. Entró en el recibidor, con el corazón acelerado anhelando volver a deleitarse con la mujer que lo había llevado al paraíso y luego lo había mirado como si fuese el demonio. Podría haberla alcanzado en el teatro, pero se paró en las escaleras y se quedó mirándola mientras se marchaba. Era como una rosa en medio del mármol, viva y triunfante. Jada también estaba enfadada, el enfado brotaba de ella en oleadas casi estimulantes. Fue como si se le pegara a la piel y él también lo sintiera. Pero no se enfadó consigo mismo, se enfadó con ella. ¿Cómo había podido sentir lo que había sentido y luego salir corriendo? No solo salió corriendo, también pareció como si fuese a llorar, como si le hubiese hecho daño por algo cuando los dos sabían que solo le había dado un placer enloquecedor. Eso era verdad.

Abrió la puerta de su cuarto sin llamar y ella dio un grito y se tapó los pechos con el vestido.

–¿Puede saberse qué ha significado eso? –preguntó él sin importarle que hubiera perdido el dominio de sí mismo.

–Yo podría preguntarte lo mismo. Me hiciste eso en un sitio público. Podrían habernos visto.

–¿Yo te hice eso? ¿Yo? ¿A ti?

–Sí –contestó ella levantando la cabeza.

–Eres una mentirosa que te inventas las historias que te convienen. Tú me agarraste, tú me besaste, tú me pusiste el preservativo. No te atrevas a hacerte la doncella mancillada.

Dio un paso y ella retrocedió. Por fin sabía quién era, por fin le tenía miedo, como todo el mundo, y no iba a contenerse cuando ella le había roto la coraza y todo estaba derramándose.

–Si hay un papel para ti en esa ópera que estás dirigiendo en tu cabeza es el de ramera.

–Si yo soy la ramera, ¿qué eres tú?

–Ni mejor ni peor, pero yo sé cuál es mi papel y no finjo ser lo que no soy. No finjo estar por encima del deseo carnal cuando me muero de ganas.

–¿No tienes sentido de la responsabilidad ni de lo que está bien? Actúas como si fuese un pecado tener dominio de uno mismo, pero las personas no somos animales que podemos ir por ahí haciendo lo que nos apetece.

–Qué bonito, Jada, ¿nunca habías traspasado los límites antes de hoy?

–Nunca he querido hacerlo.

–¿Nunca has querido tú o nunca han querido otras personas de tu vida?

–¿Cuál es la diferencia? Vivimos con otras personas, al menos, las personas normales...

–Hay una enorme diferencia, Jada. Evidentemente, necesitabas dejarte llevar o no habría pasado.

–Lo que ha pasado esta noche no debería haber pasado. Debía de estar loca para permitir que me tocaras –añadió ella tajantemente.

–¿De verdad?

Una oleada de calor sombrío y temerario estaba adueñándose de él. Generalmente, se sentía como un observador, por encima de las cosas, manipulándolas, pero sin implicarse. En ese momento, estaba implicado y cuanto más se acercaba a ella, más perdía el dominio de sí mismo. Dio otro paso, pero ella no retrocedió ni se acobardó. Ya no le quedaba cordura y estaba dispuesta a desafiarlo.

–Sí –contestó ella, aunque con poca firmeza.

–¿Tanto desprecias mis caricias? ¿Tan aborrecible te parezco?

Le acarició los pómulos con un pulgar y luego lo bajó a su labio inferior. Notó que reaccionaba. Vio que se le velaban los ojos y que el pulso le palpitaba en la base del cuello.

–Sí, es evidente que no podrías soportar que te acariciara otra vez –siguió él en tono burlón.

Ella se apartó bruscamente.

–No debería poder soportarlo. No te conozco, no te aprecio y no te amo, puedo asegurártelo.

–¿Qué tiene que ver el amor con el sexo? –preguntó él.

–¿Qué tiene que ver el amor...? –preguntó ella boquiabierta–. El sexo es una intimidad increíble. Tenerla con alguien casi desconocido me pone la carne de gallina.

–El sexo no tiene nada de íntimo.

–¿Cómo puedes decir eso? –preguntó ella sin poder creérselo.

–El sexo es buscar alivio, utilizar el cuerpo de otra persona para encontrarlo.

Esa descripción de lo que acababan de hacer era peor que cualquier otra cosa que hubiese podido imaginarse. Se sintió utilizada, pero, peor aún, se sintió como si ella también lo hubiera utilizado, como si hubiera volcado su frustración y su energía sexual acumulada sobre él y hubiese utilizado su cuerpo para satisfacer el de ella, como si no fuese mejor que él. Sacudió la cabeza y el corazón le latió tan deprisa que se sintió mareada.

–No, Alik. Es íntimo, es importante.

–¿Por qué?

–¡Estuviste dentro de mí! –gritó ella sin importarle que la niñera pudiera oírla y furiosa consigo misma–. ¿Eso no es íntimo?

Él se quedó petrificado y con un gesto inflexible. Se quedó un rato en silencio y cuando habló la voz careció de todo sentimiento, había desaparecido la rabia y la frustración que había sentido antes y su lugar lo había ocupado una serenidad gélida que la dejó helada.

–No estoy acostumbrado a que una mujer que ha sentido tanto placer conmigo se ponga histérica. Habría esperado algún agradecimiento.

Utilizaba una voz suave y serena que, sin duda, habría seducido a cientos de mujeres, pero pudo captar el desapego absoluto por debajo, sus palabras eran falsas.

–¿Por qué lo haces? –preguntó ella.

–¿El qué? –inquirió él apoyándose en el marco de la puerta.

–¿Por qué dejas de estar enfadado? ¿Por qué no me gritas si estás furioso?

–¿Por qué no reconoces que me deseas?

Se le aceleró más el corazón. No podía reconocerlo

porque le parecía una traición, no a Sunil, sabía y aceptaba que había fallecido, sino a todo lo que había creído siempre, a quien siempre había creído que era, a sus recuerdos. No conocía a la mujer que lo había agarrado de la chaqueta y le había devorado los labios como si estuviera hambrienta, la mujer que lo había tomado con la mano y había apretado, que lo había apremiado para que la tomara sin importarle la gente que hubiera en el teatro. No conocía a esa mujer en absoluto y no tenía ni tiempo ni ganas de conocerla. Tenía que criar a una hija e intentar arreglar a un hombre para que pudiera ser el padre de su hija.

—Porque eso da igual. Lo que importa es Leena.

—Cuando nos tocamos, nos abrasamos, princesa. Eso no es normal. Tienes que saberlo.

—No puede ser menos normal —susurró ella—. Yo... yo no hago lo que ha pasado esta noche.

—Sabes todo lo referente al sexo, Jada, puedo notarlo. ¿Por qué te asusta tanto esto?

—Sé de sexo en una relación con compromiso. Sé de sexo en la cama. Lo más atrevido que he hecho ha sido dejar la luz encendida. Nunca quise pasar de ahí. ¿Cómo voy a querer esto?

Fue como si le hubiera arrancado esa confesión y se sintió como si le hubieran quitado un velo y todo el mundo pudiera ver las partes más secretas de ella misma, partes que ni siquiera sabía que tenía. Se había sentido así toda la noche.

—Si hay algo que sé hacer, es satisfacer los deseos. Si quieres, aprovéchalo, Jada. Buscar un poco de satisfacción no tiene nada de malo.

Estaba ofreciéndole una fruta prohibida y ella quería tomarla.

—Alik, no se trata de satisfacción. No lo entiendes. Además, no podemos introducirlo en nuestro acuerdo. No soy como tú, no puedo mantenerlo al margen, no puedo considerarlo solo como sexo porque eso no existe para mí. Para mí significa más que eso y tú no vas a dármelo.

–No. No voy a engañarte.

–Lo sé y te lo agradezco.

Él fue hasta la puerta y agarró el picaporte.

–Hasta mañana.

Se marchó, cerró la puerta y la dejó sola. Se sentó en el borde de la cama y dejó caer el vestido. Se sentía aturdida, aunque su cuerpo todavía notaba la descarga de adrenalina por haber estado en brazos de Alik y el corazón le dolía por la conversación que acababan de tener. Él se había enfadado mucho, nunca le había visto un sentimiento tan intenso. Era estimulante que pudiera expresarlo y que lo sintiera. Se preguntó qué había hecho para sacárselo. ¿Le había hecho daño? No parecía posible, pero si se trataba solo de sexo, algo que él podía conseguir cuando quisiera, ¿por qué le importaba que ella lo rechazara? Se tumbó boca abajo. Era una necia. Le había dicho que rechazaba estar con él. Él le había preguntado si despreciaba sus caricias. Se había imaginado que él estaba por encima de los sentimientos. Que no lo estuviera era reconfortante en cierto sentido, pero también hacía que se sintiera como una persona espantosa e insatisfecha que sabía lo que quería, que sabía que no debía tomarlo y que no sentía ni la mitad de remordimientos por lo que había hecho de los que debería sentir. Se dio la vuelta y miró ese techo desconocido. Había dado un vuelco a toda su vida por Leena y no iba a estropearlo, no iba a crear un ambiente inestable. Tenía que mantenerse firme, tenía que crear un puente entre el padre y la hija y, a la vez, ser la madre que se merecía Leena. No había tiempo para angustiarse por la situación con Alik ni para flagelarse por lo que había hecho esa noche. Lo enterraría muy dentro de sí y al día siguiente volvería a ser normal.

Capítulo 10

LA REUNIÓN no había salido bien. Había acudido a ver a Michael LaMont con la intención de aceptar su propuesta, pero no la había aceptado porque había descubierto actividades muy poco éticas en la empresa de ese hombre. Eso no le había importado nunca. Su lealtad estaba en venta y siempre lo había estado. Sin embargo, había muchos informes sobre acoso sexual en los archivos de Recursos Humanos, algo que, normalmente, no habría mirado. Sin embargo, cuando leyó el informe sobre una empleada temporal que había sido manoseada insistentemente por un ejecutivo, y a la que despidieron cuando se quejó, solo pensó en que si algo así le pasaba a Leena cuando empezara a trabajar, le cortaría la mano al hombre que la tocara. Entonces, La-Mont le preguntó qué pensaba y él se limitó a rechazar la oferta de plano y a marcharse. Estaba convirtiéndose en un maldito altruista.

Cerró de un portazo la puerta de su casa justo cuando Jada bajaba las escaleras con Leena en brazos. El corazón, que últimamente hacía algo más que bombear sangre por su cuerpo, se le subió a la garganta. Estaba muy distinta a cuando bajó esas escaleras la noche anterior. Llevaba el pelo recogido en una coleta, una camiseta le cubría las curvas y unos pantalones de algodón gris le tapaban la forma de las piernas. Lamentó no haberla visto desnuda. De haberlo hecho, seguramente no estaría mirándola así, seguramente no seguiría encendido por ella y, seguramente, no tendría el corazón en la garganta. No recordaba haberse sentido atraído por una mujer después de haberse acostado con ella. Sus relaciones sexuales eran fugaces y satisfactorias para los dos. Una mujer no era más importante que la siguiente.

Que hubiera tenido una relación sexual con Jada, pero no hubiese visto su cuerpo, debía de crearle la sensación de algo inconcluso. Eso y que ella hubiese sido la primera mujer que había zanjado las cosas con él. Nunca había habido nada que zanjar. Huyó como Cenicienta después de un breve revolcón contra una pared y luego, cuando la encontró, le dejó muy claro que no quería que volviera a tocarla. Nunca lo habían rechazado de esa manera y no le gustaba, incluso, le parecía intolerable. El recuerdo del rechazo, mezclado con el humor que tenía en ese momento, empezó a parecerle temible.

—Buenas tardes —le saludó ella en un tono un poco demasiado desenfadado—. Van a servir la comida en el patio. No sabía si vendrías, pero, por si acaso, he preparado un sitio para ti.

Ella se dirigió hacia la parte trasera de la casa y él la siguió sin saber qué pensar. Lo había puesto en desventaja dos veces en veinticuatro horas y eso tampoco le gustaba.

Efectivamente, el pequeño patio estaba preparado. Sobre la mesa había hojaldres de jamón con setas, galletas y café con leche. También había un plato con fruta y una trona para Leena.

—Compruebo que te has convertido en la señora de la casa —comentó él mientras se sentaba.

—Soy tu esposa para todo, Alik, y estamos intentando ser una familia. Eso significa que deberé estar en casa, ¿no?

—Supongo...

No había pensado en eso al principio porque se había imaginado que serían como huéspedes en su casa, donde él no estaría. En ese momento, las cosas estaban enredándose. Por algún motivo, ya no le parecía suficiente dejar a Leena lujosamente instalada en una casa. Quizá fuese por lo que Jada le había contado de su padre. Él no había tenido padre y no sabía cuál era la función de un padre, pero sí sabía que no quería que Leena se criara como él.

–Sí –siguió él con más convencimiento–, está bien que adoptes ese papel. Además, quería hablar contigo sobre cómo vamos a organizarnos.

–¿A qué te refieres?

–Tenemos que vivir juntos. Viajo mucho y durante los viajes cortos me quedo en un hotel. Me imagino que Leena estará mejor en casa. Sin embargo, durante los viajes de más de un mes o cuando cambie de residencia durante parte del año, me gustaría que me acompañarais.

Jada abrió los ojos como platos mientras terminaba de sentar a Leena en la trona.

–¿De verdad? –preguntó cuando se sentó enfrente de él–. ¿Y... tu vida social?

Él supo que se refería a las mujeres y sus celos le agradaron.

–Encontraré la manera de ser discreto. No será un problema para vosotras.

–Entiendo –ella miró su café–. ¿Qué te ha hecho cambiar de opinión?

–Lo que dijiste el otro día sobre tu padre, que su presencia te enseñó el trato que podías esperar.

Miró a Leena. Era muy pequeña e inocente. Ella también lo miró y sonrió. Nunca se había parado a mirarla con detenimiento y en ese momento sintió como si el corazón fuese a estrujarse por la opresión del pecho.

–No querría que Leena escogiera a un hombre como yo.

Se acordó de los informes que había leído. Nunca había acosado a una mujer, pero, aun así, se sentía alterado por la idea de que Leena tendría que salir al mundo y bregar con hombres que querrían hacerle daño o, al menos, utilizarla para sus propios y egoístas fines.

–No querría enseñarle a esperar que el hombre de su vida estuviese ausente, que él se preocupara por su propio bienestar y no por el de ella. No querría que creyera que debería aceptar dinero y comodidades por encima del amor.

–Alik... puedes darle más cosas de las que te imaginas. Yo sé que puedes.

–Yo no lo sé –replicó él con la opresión del pecho haciéndose insoportable–. Sé lo que ella debería tener, lo que es importante. Lo entiendo, pero no sé cómo sentirlo.

–Eso no es verdad, Alik. Creo que sientes más de lo que te permites sentir.

–Cuánta confianza en un hombre que no quieres que te toque... –le espetó él.

–¿Qué tal la reunión? –preguntó ella bajando la cabeza.

–Bien hecho, Jada. La reunión, infructuosa. Lo he rechazado.

–¿Por qué?

–No puedo trabajar con él. No sé por qué, pero no puedo.

Ella lo miró con un brillo dorado en los ojos.

–Yo sí lo sé.

–Explícamelo.

–Porque sientes.

–¿Así llamas a esto?

–Estás cambiando, Alik. Hace dos semanas querías dejarnos en París y no verla. Hace dos semanas creías que ella necesitaba una niñera, no una madre. Ahora, ves la diferencia, entiendes lo que necesita.

–Sigo sin tener ni idea de lo que estoy haciendo.

–Yo tampoco lo sé. Aun así, preocuparte, aunque sea desconcertante, es mejor que pasar dos semanas con Leena y seguir sintiendo lo mismo.

–Solo sé que quiero que lo tenga todo y me temo que no tengo la capacidad para dárselo.

–Todos los padres sienten lo mismo.

Ella le tomó una mano. Fue un contacto reconfortante, no sexual, como estaba acostumbrado a que le tocaran las mujeres, ni violento, la única manera como le habían tocado los hombres. No recordaba que ninguna persona lo hubiera reconfortado antes. Hacía dos semanas habría dicho que no lo necesitaba, en ese momento, sentía que sí lo necesitaba. Quizá estuviese cambiando y no sabía qué podía significar eso para su futuro, para su forma de llevar su vida.

–Entonces, debo de estar a medio camino de donde tengo que estar.

–¿Te preocupa?

–Sí. Nunca me he preocupado porque eso no arregla nada. Cuando tenía hambre, preocuparme no me proporcionaba comida, tenía que actuar. Preocuparme no me servía de nada en el campo de batalla, me distraía. Sin embargo, con ella... me preocupo.

Los sentimientos le brotaban más fácilmente esos días. Era curioso que, después de haberse pasado una vida buscando los sentimientos, hubiesen aparecido tan repentinamente. Se había enfadado con Jada, se había enfurecido con LaMont y se preocupaba por Leena.

–Te preocupas porque quieres a alguien, ¿no? –preguntó él mirando a Leena otra vez.

–Sí, Alik –contestó Jada con la voz entrecortada–. Por eso te preocupas.

Jada cerró la puerta del cuarto de Leena y resopló. Hacía mucho tiempo que no le costaba tanto acostarla y que no gritaba tanto cuando apagó la luz. Sin embargo, los gritos dieron paso a ligeros sollozos y acabó durmiéndose. Estaba deseando acostarse y avanzó por el pasillo, pero se detuvo al ver una sombra que se acercaba hacia ella.

–Alik...

–¿Estaba alterada?

–Bueno, ha tenido un berrinche porque no quería irse a dormir, nada más.

Notó que la silueta en sombras se relajaba. Él se acercó y un rayo de luna que entraba por una ventana lo iluminó. Solo llevaba unos pantalones cortos de deporte. Era un hombre hermoso y rudo que la atraía, que hacía que se le acelerara el pulso y que su cuerpo lo anhelara. Había estado íntimamente con él, dijera él lo que dijese, y su cuerpo conocía el de él. Sin embargo, tenía la sensación de que no lo había conocido tanto como le gustaría... y no lo haría. Agradecía tener esa parte seria y sensata porque su cuerpo no era racional. Su cuerpo solo le recordaba lo que sintió cuando la besó, cuando la llevó hasta el límite y los dos lo traspasaron.

–¿No podías dormir? –le preguntó ella después de parpadear.

–Estaba preocupado.

–¿Por qué no has entrado?

Él se encogió de hombros, pero ella supo que no era un gesto despreocupado. Que Alik se preocupara por otra persona no tenía nada de normal ni, naturalmente, de despreocupado.

–Me pareció que no era mi sitio.

–Claro que es tu sitio, Alik. Eres su padre.

Él asintió lentamente con la cabeza, se pasó una mano por el pelo y suspiró.

–Tú tienes una conexión con ella, entiendes cosas que yo no entiendo.

–No eres el único que se siente así.

–Haces que parezca casi normal –replicó él con ironía.

–Nadie se siente como si supiera lo que hace con sus hijos, Alik. Esperamos hacerlo bien.

–¿Hasta tú?

–Sí, sobre todo, yo. Me costó adoptarla cuando no tenía pareja porque siempre he creído que un hijo tiene que tener un padre y una madre.

–¿Por qué no tuvisteis hijos tu marido y tú?

Seguía protegiendo a Sunil cuando se trataba de eso. Nada más casarse, la familia de él empezó a preguntarles cuándo tendrían un hijo y no paró hasta que se murió. Nunca les dijo, ni a ellos ni a nadie, por qué no habían tenido un hijo durante los seis años de matrimonio. Le dolía en su orgullo. Le había dolido mucho haber podido mantenerla económicamente pero no haber podido darle algo que ella anhelaba tanto. Dijera ella lo que dijese, él nunca se creyó que ella no se lo reprochara. Al final, ni siquiera quiso hablar del asunto.

–No podíamos tener hijos. Bueno, él no podía, pero estábamos casados y no podíamos los dos.

–¿Y decidisteis no buscar algún sistema artificial?

Jada estuvo a punto de reírse. Era típico de Alik hacer las preguntas más personales e inadecuadas sin darse cuenta de que eran personales e inadecuadas.

–A mi marido no le gustaba la idea de que gestara el bebé de otro hombre y, sinceramente, tampoco le interesaba la idea de adoptar uno.

–¿Aunque tú quisieras tener hijos?

–Él también quería, pero se sentía decepcionado por no poder tenerlos como había imaginado, se lo tomó como algo personal.

–¿Ves a lo que llevan los sentimientos? Lo lógico habría sido que te hubiese proporcionado los hijos que querías sin importarle cómo.

–Eso lo dices tú, Alik, pero hasta tú dabas importancia a la relación de sangre.

–Lo sé, pero ahora... me doy cuenta de que la relación de sangre no crea el lazo más fuerte. Tú... tú te relacionas con ella sin esfuerzo y a mí me cuesta.

–Pero tienes una conexión.

–Sí. Rechacé el encargo de LaMont porque encubre a uno de sus ejecutivos que acosa sexualmente a sus empleadas. Solo podía pensar que si un hombre le hacía eso a Leena... creo que lo mataría, Jada. Y no lo digo en sentido figurado. Lo haría.

–Alik...

–Sentimientos... Son ilógicos, perjudiciales. Hacen que sea casi imposible convivir conmigo mismo.

Dejó escapar un gruñido y se apoyó en la pared con la cabeza hacia atrás. Necesitaba consuelo, contacto afectivo, pero nunca lo reconocería ni aceptaría. Ella quería dárselo, quería... tocarlo porque él sí entendía lo físico, el sexo. Quería abrirse paso en su desconcierto y ofrecerle algo conocido, pero, al mismo tiempo, no quería ser solo otro cuerpo, quería conocerlo y ayudarlo.

Si era completamente sincera, solo quería acariciarlo, pero no iba a ser sincera porque eso podría detenerla. Eso podía salir bien si lo separaba del sentimiento y del matrimonio, como hacía él. Se acercó y le tocó el tatuaje que tenía sobre el corazón. Él le agarró la mano.

–Ten cuidado porque, si me tocas otra vez, te juro que te tendré desnuda en mi cama antes de que puedas decir una sola palabra.

–No pienso decir nada, de modo que no me amenaces.

Jada lo dijo con más atrevimiento del que sentía, pero lo deseaba otra vez. Si lo dejaban en la noche de la ópera, nunca quedaría definitivamente resuelto. Fue demasiado rápido e intenso, como un recuerdo envuelto en una neblina de fantasía. Era imposible que hubiese sido tan maravilloso y devastador como recordaba. Le acarició la barba incipiente.

–Te deseo.

–¿De verdad? Creo recordar que la última vez que me pediste que te acariciara saliste corriendo como si te hubiese violado. No me gustó...

–Esta vez, no saldré corriendo –le aseguró ella con la voz temblorosa.

Sin embargo, no estaba segura de que pudiese cumplir su promesa porque cuanto más cerca estaba de él, más se disipaba la neblina del recuerdo, cuanto más tiempo tenía la mano en su mejilla, más la abrasaba y le aterraba que, si volvía a estar con él, quedara reducida a cenizas. Temblaba por lo que sentía o por lo que se proponía hacer, pero no podía echarse atrás.

–Promételo –le susurró él mientras le pasaba la lengua por el lóbulo de la oreja.

–Lo prometo.

–Dime que me deseas.

–Te deseo, Alik.

La estrechó contra su pecho y la besó con voracidad. Ella le rodeó el cuello con los brazos y lo besó con la misma voracidad. Nunca había conocido esa parte animal que despertaba en ella. Conocía el deseo y el placer, pero eso era desconocido. Era un deseo que rozaba el dolor y una avidez que se parecía a la locura. Era como el aire, como si no pudiera vivir sin él.

–Dor...mitorio... –balbució ella mientras él le besaba el cuello.

–¿El mío o el tuyo?

–El que esté más cerca.

–El tuyo –dijo él tomándola en brazos.

Se agarró a su cuello maravillada por su fuerza, lo cual, seguramente, era lo que se había propuesto él. Eso y que se sintiera pequeña y femenina. Abrió la puerta del dormitorio, la dejó en el suelo, volvió a cerrar la puerta y encendió la luz.

–¿Por qué... has encendido la luz?

–¿No dijiste que lo habías hecho con la luz encendida?

–Sí, pero...

–Quiero verte –la interrumpió él bajándose los pantalones–. Es una prioridad.

Tuvo que tragar saliva al verlo completamente desnudo. Había visto partes de él, pero no todo su cuerpo. Era perfecto. Tenía los músculos como tallados y las cicatrices que le recorrían el cuerpo eran el mapa de su vida.

–Dicen que a los hombres les gusta mirar, pero a mí me encanta mirar en este momento.

–A mí también –replicó él sin hacer caso al halago–. Muéstrate a mí.

A ella le costó respirar. Lo había dicho de una forma muy rara, pero el inglés no era su lengua materna y, además, así tenía más significado. Estaba mostrándole una parte de sí misma que desconocía, una parte más profunda y sensual. Lo único que no sabía era si tenía ese valor para mostrárselo a él y, sobre todo, para desvelárselo a sí misma. Si hubiese podido elegir, quizá no lo hubiese hecho, pero no podía elegir. Ese deseo era superior a sí misma. Se quitó lentamente la camiseta y se estremeció. Se le puso la carne de gallina y se le endurecieron los pezones. Se bajó los pantalones y las bragas a la vez.

–Solo para ti.

Lo dijo de verdad. Esa parte de sí misma, esa mujer que podía hacer el amor en el palco de un teatro era solo para Alik. Él hacía que fuese distinta. Más tarde, quizá se preocupara o se arrepintiera, pero, en ese momento, no.

–Soy un hombre afortunado.

Le tomó la cara entre las manos, fue un gesto cariñoso que se contradecía con la pasión que le ardía en los ojos. Ella le rodeó el cuello con los brazos, se estrechó contra él y lo besó. Necesitaba sentir su piel, que la arrastrara más allá de lo racional. Lo había hecho antes, con mucha facilidad, y lo necesitaba otra vez. La levantó para que le rodeara la cintura con las piernas, para que sintiera la pétrea erección entre los pliegues. Sintió un destello de placer que la deslumbró. Ya había llegado más allá de lo racional y solo podía sentir. La besó en el cuello y le susurró algo al oído, unas palabras roncas que no necesitó entender.

–Tómame... –susurró ella como si estuviera quebrándose.

Alik la recompondría, sofocaría el anhelo que la abrasaba por dentro, que era más profundo que algo físico. Se tumbó en la cama con ella encima. Fue a colocarse para que entrara en ella...

–Espera.

–¿Qué? –jadeó ella.

–El preservativo.

–¿Dónde?

–En el cajón.

–Ah...

Ella no había mirado en el cajón de la mesilla desde que llegaron a París. Quizá más tarde le fastidiara que tuviera preservativos por todos lados porque, evidentemente, era un hombre que hacía lo que quería cuando le apetecía, pero, en ese momento, se alegraba. Le dio el envoltorio, él se puso el preservativo y ella volvió a colocarse y bajó lo más despacio que pudo para deleitarse con la provocación, con la expresión crispada de él, con el poder de torturarlo. Hacía que se sintiera fuerte, hermosa, como una mujer que estaba a la altura de ese hombre sin inhibiciones ni dudas sobre su capacidad de satisfacerla. Estar con Alik era como despertar, como salir bruscamente a la superficie del agua después de haber estado mucho tiempo sumergida. Ni siquiera se había dado cuenta de que estaba ahogándose.

La agarró de las caderas, acometió y entró. Ella echó la cabeza hacia atrás, apoyó las manos en sus hombros y buscó el ritmo. Lo miró a la cara, se inclinó y le pasó la lengua por los labios antes de besarlo. Notó que se ponía tenso y que se estremecía por el orgasmo. Dejó escapar un improperio, se dio la vuelta dejándola debajo, le lamió los pezones y siguió bajando. La agarró de las piernas, se las pasó por encima de los hombros y le levantó el trasero para meter la cara entre sus muslos antes de que ella pudiera tomar aliento.

–Alik...

Se estremeció mientras su lengua dejaba un rastro abrasador sobre la carne húmeda. Introdujo dos dedos mientras los labios y la lengua seguían arrastrándola más allá de lo imaginable. Nada le había gustado tanto jamás. Alik conocía su cuerpo, sabía lo que necesitaba, sabía cuándo necesitaba más y cuándo bajar el ritmo para volver a llevarla al límite. Siguió hasta que ella estuvo segura de que iba a morirse de placer. Abrió la boca para suplicarle que parara, para suplicarle que acabara, que le permitiera llegar al clímax, pero solo pudo gemir algo incoherente. Sin soltarle la parte inferior del cuerpo con una mano, le tomó un pezón entre el índice y el pulgar de la otra sin dejar de torturarla sensualmente con la boca. Entonces, estalló en mil pedazos deslumbrantes. No supo si podría recomponerse alguna vez ni si le importaba. El placer la dominaba con oleadas tan intensas que no sabía si podría soportarlas. Siguió lamiéndola hasta que su cuerpo tembló con los leves espasmos posteriores a un clímax que la había desarbolado completamente. Entonces, comprobó que Alik estaba allí. Quiso salir corriendo, pero había prometido que no lo haría y se quedó temblando. La besó. Estaba sudoroso y se sentó en el borde de la cama con el rostro inexpresivo.

—No sé qué ha pasado —comentó él.

—No sabes...

—Normalmente, soy más considerado. Perdí el control por un momento. No volverá a pasar. Buenas noches, Jada —se quedó quieto, como si no supiera qué hacer, pero la besó—. Nos veremos por la mañana.

Se levantó y salió de la habitación. Ella no había salido corriendo, pero él, sí.

Capítulo 11

SE DIO una ducha de agua fría para intentar quitarse la sensación de Jada de la piel. Como no dio resultado, salió a correr con la esperanza de que el ejercicio y la lluvia le solucionaran las cosas. Tampoco hubo suerte. Cuando cayó en la cama, el sol empezaba a asomar entre las nubes. Soltó un gruñido, se levantó y bajó a la cocina. La cocinera acababa de llegar. Le dio unas órdenes tajantes en francés para que preparara el desayuno y se lo sirvieran en el patio. Quería comer allí, como habían hecho el día anterior por la mañana, antes de que Jada lo despellejara, lo dejara en carne viva y sin coraza. Fue porque él había alcanzado el clímax antes que ella. Tenía que ser por eso. No le había pasado desde que era un adolescente, pero tampoco había podido contenerse y eso era mucho decir. El control no le importaba gran cosa. Hacía lo que quería cuando quería. Lo habían llamado depravado y no se habían equivocado mucho. No se acordaba de algunos años de su vida y no era por un motivo respetable. En ese momento, se preguntaba cuánto quedaba de sí mismo, cuánto de esa falta de sentimientos se debía al control, cuánto daño se había hecho a sí mismo porque lo que había pasado con Jada lo alteraba y no por una cuestión de orgullo.

—Me había parecido oírte gruñendo.

Se dio la vuelta y vio a Jada con la misma ropa que había llevado la noche anterior.

—No estoy gruñendo.

–Te aseguro que sí. He oído un rumor cuando bajaba, no se oían palabras.

–No he dormido bien.

–Ya somos dos.

Sabía que estaba enfadada, no lo miraba con los ojos como ascuas, pero estaba enfadada.

–¿Dónde está Leena?

–Dormida. Es una persona cuerda. Son las cinco.

–¿Y por qué estás levantada?

–Por lo mismo que tú, supongo.

–No vamos a sincerarnos a corazón abierto. Se necesitaría que las dos partes tuvieran corazón.

Ella se acercó, lo agarró de la camiseta, lo besó, le mordió levemente el labio inferior y lo soltó.

–No puedes salir corriendo de esto, Alik. Yo lo intenté, ¿recuerdas?

–Sí, Jada, lo recuerdo. No salgo corriendo. He aguantado fuego de artillería y no voy a recular por una mujer que no entra en el centro de mi pecho.

–Ya... No oigo otra cosa. Alik Vasin, el ser más perverso del universo. Anoche saliste corriendo.

–No paso la noche con las mujeres que... No soy de esos que se acurrucan después.

–Me parece muy bien –le parecía tan mal que le resultó casi cómico–. Sin embargo, te habría agradecido que te hubieras quedado más de cinco segundos. Ya sé que no soy tu esposa, que no estamos enamorados y que no dijimos sinceramente lo que dijimos en la ceremonia. Sé que algún día te cansarás de mí y que volverás a hacer lo que hagas con las mujeres. No soy tu verdadera esposa y tampoco soy una chica que has conquistado en un club.

–Lo sé.

–No lo parece porque anoche me trataste como si lo fuera. Te marchaste tan deprisa que me quedé dándole vueltas a la cabeza. No tengo experiencia. Solo he estado con un hombre y fue después de que nos casáramos.

–Estás casada conmigo, aunque no me ames.

–Sí –ella dejó escapar un suspiro–, pero la cuestión es que no sé qué hacer con toda esta... historia sexual. No sé cómo me siento y no quiero que me confirmes que es verdad lo que me temo.

–¿Qué?

–¿Me pasa algo para que quiera todo esto cuando no te amo y ni siquiera te aprecio?

–El sexo no tiene que estar relacionado con los sentimientos, princesa. Para mí, no lo ha estado nunca. El sexo es tu cuerpo.

–Mi cuerpo quiere cosas que no me convienen. Por ejemplo, me encanta la tarta de chocolate con mucha azúcar glaseada. La comería todo el rato, pero eso no quiere decir que deba hacerlo.

–Por eso te gusta tanto, en parte –replicó él.

Quizá eso fuese lo que le pasaba. Era la mujer que menos debería desear. Era su esposa, pero no pretendía que fuese su esposa de verdad. Estar con ella era un embrollo.

–Es la naturaleza humana. La fruta prohibida nos sabe más dulce.

–¿Es eso?

–¿Te disgustaría que lo fuese?

–Estoy desconcertada. Siempre me ha gustado hacer lo que había que hacer. Pero ¿qué he conseguido aparte de sufrir? Si hubiese seguido las reglas, también habría perdido a Leena.

–Entonces, arriésgate, Jada. Juega conmigo.

Eso sí podía hacerlo, no era nada nuevo o distinto. Era un poco de sexo inofensivo. En ese momento se daba cuenta de que había exagerado.

–¿Y cuando termine? Podría costarme.

–¿Te costaría menos terminarlo ahora?

–No, no quiero terminarlo ahora.

–Te gusta correr algún riesgo, ¿verdad?

–Sí –contestó ella sonrojándose.

–Eso me pareció.

Se acercó para besarla otra vez, pero un grito de Leena lo paró en seco.

–Lo siento, tengo que ir a por ella.

Él también quiso ir, pero ella no lo necesitaba y no quería molestar.

–Me ocuparé de que preparen el desayuno para todos. Un plátano para Leena, ¿no?

–Sí, es lo que más le gusta.

–Muy bien.

Jada se quedó tumbada en la cama. Estaba molida y casi sin aliento. Alik era un amante despiadado. Hacía que suplicara y que gritara, pero no tenía quejas. Quería pedirle que se quedara, pero no quería que él supiera que lo necesitaba. La besó y se aferró a él, todavía lo anhelaba. Quizá pudiera tentarlo con la posibilidad de más sexo. No iba a quedarse para abrazarla, eso ya lo dejó muy claro y había mantenido la promesa durante seis noches. Las cosas eran apasionadas entre ellos y, oficialmente, solo tenían una aventura física. Ella lo quería como padre de su hija, pero no era nada personal para ella... Era una mentirosa. Sin embargo, la verdad era que él, como dijo al principio de su matrimonio, mantenía completamente separado el sexo de lo que hacían durante el día y eso le molestaba un poco. Estaba de acuerdo en mantenerlo separado, pero él lo llevaba hasta un extremo ridículo. Salvo cuando sus miradas se encontraban por encima de la mesa del desayuno o en el pasillo y tenían que hacer un esfuerzo para no arrancarse la ropa allí mismo. Reservaban la pasión para la noche y luego, Alik volvía a su habitación, a su espacio.

–Alik –Jada buscó algo que lo retuviera en la cama–, cuéntame más cosas de cómo llegaste aquí.

–Creo que sabes cómo se hacen los niños. Es más, acabas de demostrarme que lo sabes muy bien –él arqueó una ceja–. También estás muy versada en actividades de alcoba que no hacen niños...

–No me refería a eso.

Ella no iba a ofenderse por su ridiculez. Quería que se ofendiera, lo conocía muy bien, y hacía una semana se habría ofendido, pero, en ese momento, no.

–Eras un huérfano en Moscú...

–Sí, en una casa de acogida llena de niños. No has visto nada parecido. Había unas tres personas para ocuparse de todos y siempre había alguien llorando. Cuando había demasiados, el niño mayor tenía que marcharse.

–No...

–Tenía doce años y era mayor que muchos. La verdad es que tuve suerte. Los orfanatos tienen muchos niños y pocos empleados, pero lo intentan. No son despiadados. No hay amor o cariño, pero la comida y un techo hacen más soportable la vida a un niño. Tuve suerte y no tuve que vender mi cuerpo. Me di cuenta de que tenía talento para robar y, como te conté, llamé la atención de una familia del crimen organizado –se sentó en el borde de la cama. Seguía desnudo–. Les hacía recados y también empecé a trazar la estrategia de grandes robos. Tenía catorce o quince años y era quien había planeado algunos de los robos más importantes de Europa. No estaba mal para un niño que no tenía nada. Sin embargo, acabé dándome cuenta de que estaba haciendo el trabajo para una mafia.

–¿Qué hiciste?

–Desaparecí. Tenía que hacerlo en mi situación. Me fui a Singapur y a Japón. Trabajé en un bar, hice algunas estafas y también hice muchas cosas que no recomendaría el ministro de Sanidad.

—Estabas en Japón cuando un hombre te pidió que ayudaras a una milicia a derribar un gobierno.

—Sí, Escuchas con atención...

—Eres interesante.

—¿Te parezco interesante? Es posible, pero no me enorgullezco de mi pasado. No es complicado seguir el dinero. No tienes que pensar lo que está bien o está mal. Te vendes al mejor postor.

—Estoy segura de que no eras tan malo, Alik.

—Planeé misiones que costaron vidas humanas y todavía no sé qué causas apoyaba. Solo sabía quién me pagaba y que la emoción del peligro me mantenía vivo. Entonces, cuando conocí a Sayid, me impliqué por primera vez en los derechos y la libertad de un país. Unas facciones vecinas estaban atacando Attar y Sayid me contrató. Era gente espantosa, Jada, y pude ver las cosas que hacían. Luego, también vi que Sayid arriesgaba su vida y la de sus hombres por salvar a una mujer y me di cuenta de que yo no lo habría hecho. Sayid cayó prisionero y yo estaba libre. No merecía la libertad cuando hombres de la categoría de Sayid se pudrían en la cárcel. Decidí salvarlo. No había dinero por medio, fue la primera decisión que tomé por otra persona.

—Eres un buen hombre, Alik.

—No. Necesité que un hombre bueno me enseñara lo lejos que había llegado, pero he cambiado. Ahora solo soy un asesino empresarial —sacudió la cabeza y se levantó—. Esa es mi historia.

—No ha terminado todavía. Aquí has hecho algo distinto. Rechazaste la oferta de una empresa porque iba contra tus principios, para aliviar la conciencia que sé que tienes.

—Todo lo que he hecho y lo que siento es... es por Leena.

—Como debe ser. Yo también. Ella... ella me salvó la vida.

Él también le había salvado la vida y estuvo a punto

de decírselo, pero se contuvo. Se limitó a mirarlo porque no estaba segura de que fuese verdad. Alik la había arrancado de la vida que conocía, de todos quienes esperaban algo de ella, y la había dejado como si estuviera a la deriva en el mar, libre y aterrada.

–¿Quieres saber qué pone aquí? –le preguntó enseñándole el tatuaje del brazo.

–¿Qué?

–«A los ladrones pequeños los cuelgan, los grandes escapan» –volvió a bajar el brazo–. Yo era un ladrón grande y escapé. Era joven y vanidoso y por eso me lo tatué, para que todo el mundo supiera que mi grandeza evitaría que me capturaran. Sin embargo, no puedes escapar de tu pasado. No me detuvieron ni me mataron, pero sigo atrapado en mi pasado. Ningún ladrón escapa, princesa, ni yo.

–¿Vas a castigarte toda la vida?

–No hace falta. No busco castigarme, pero me has preguntado cómo llegué a ser lo que soy y la realidad es que no hubo nada bueno en mi creación. Soy lo que soy. Ni me castigo ni el mundo me castiga, pero mi vida es la consecuencia de todo lo anterior y no se puede cambiar.

Lo había visto enfadado y había visto su ternura cuando miraba a Leena, pero nunca lo había visto sin esperanza. Esa noche parecía como si quisiera ser más de lo que era. Eso la desgarró porque él no veía lo que veía ella, no veía lo que podía ser. Estaba cambiando pensara él lo que pensase. Se dio la vuelta para marcharse y el corazón se le hundió. Lo anhelaba a su lado, en su cama, entre sus brazos, independientemente de lo que hubiese hecho y dónde hubiese estado. Quiso consolar a ese hombre peligroso, complicado y herido, quiso que la consolara, pero estaba demasiado en carne viva. También necesitaba distancia, necesitaba una escapatoria. Dejó que se marchara porque si no, lo llamaría y estrecharía más un lazo que no podía sobrellevar.

Capítulo 12

TENEMOS que sacar a Leena –comentó Alik a la mañana siguiente, durante el desayuno–. No ha salido desde que estamos en París.

–Yo tampoco he salido casi del patio –replicó Jada llevándose la taza a los labios.

–Mentirosa, todas las mañanas te das un paseo hasta la torre Eiffel.

–Y llevo a Leena.

–Aun así, creo que no ha salido bastante.

Entonces, se dio cuenta de lo raro que era todo. Llevaba unas semanas en París acostándose con un hombre que acababa de conocer, que era su marido, y qué cosas hacía con él... qué cosas quería de él... Le temblaron las manos solo de pensarlo. Se miró las manos para intentar pensar en otra cosa y se dio cuenta de que esa mañana no se había puesto el anillo de Sunil, se había puesto los anillos que le había regalado Alik, pero nada más.

–Quieres que salgamos todos juntos –comentó ella.

Eso era lo que pasaba y él no sabía cómo plantearlo... o no quería. Se preguntó si él estaría viviendo el mismo momento irreal que ella.

–Parece... lo normal.

–Lo es.

Él asintió con la cabeza como si ya supiese que su idea era normal. La cuestión era que ella creía que no lo sabía. Alik no sabía lo que hacían las familias, aparte de lo que viera en la televisión, y no le parecía un hom-

bre que se sentara por la noche en un sofá para ver te-
lecomedias.

–Entonces, salgamos. ¿Qué quieres hacer? –preguntó ella.

–No lo sé –contestó él encogiéndose de hombros.

–Tienes que saberlo, Alik.

Ella fue más tajante de lo que había querido, pero se
sentía nerviosa y notaba la mano izquierda desnuda, sin
el anillo para esconderse debajo.

–Pues no lo sé.

–¿No tienes ideas?

Ella no lo creía, pero también era evidente que él no
quería decirle lo que pensaba.

–Podemos andar y ver dónde acabamos.

–Me parece bien.

Ella lo aceptó porque estaba absorta en sus pensamientos, en el miedo a ser vulnerable.

–Está cansándose del cochecito.

Jada miró a Leena, que se retorcía en el arnés. Se pa-
raron y Alik la miró con el ceño fruncido.

–Podría tomarla en brazos, pero no le gustó la última
vez que lo hice.

–Hace más de tres semanas, Alik.

–Ah...

Se inclinó, soltó a Leena y la tomó en brazos. La niña
le agarró el cuello de la camisa con una mano y le tiró
del pelo con la otra. Él hizo una mueca de disgusto, pero
no la riñó.

–Muy bien, sigamos paseando.

Ella no dijo nada mientras paseaban por las bullicio-
sas calles, pero lo miraba cuando él no la miraba a ella.
Sujetaba a Leena con fuerza y delicadeza y miraba alrededor, no a su hija. Entraron en un callejón adoqui-

nado con mesas en la acera donde la gente charlaba y tomaba café con bollos, algo que a Jada le parecía una buena idea, pero Alik tenía otros planes. Salieron del callejón y desembocaron en otra calle amplia, pero en dirección contraria a la que llevaban hasta entonces.

–¿Ya vamos a volver? –preguntó ella.

–Volvemos a la torre.

–Ah...

Recorrieron un laberinto de calles con mercados de flores o de frutas, pero Alik ni los miraba. Eran demasiado típicos para él. Estaba tan concentrado en ir a donde tenía pensado ir que no miraba a la belleza que lo rodeaba. Entonces, se paró ante un tiovivo que estaba montado al lado de la torre y que ella veía todas las mañanas.

–Aquí es donde querías venir desde el principio, ¿verdad?

–Bueno, había pensado que podría gustarle –contestó él encogiéndose de hombros.

–Es un poco pequeña para montarse sola, pero yo... –Jada miró a Alik y a Leena, que sonreía en sus brazos– pero tú podrías montarte con ella...

–¿Puedo?

–Claro que puedes. Está contenta contigo.

Él miró a Leena y tragó saliva.

–De acuerdo.

Se acercó al hombre que manejaba el tiovivo y le explicó la situación en francés, supuso ella. Alik podía parecer fuera de su elemento con un bebé en brazos, pero, como viajera, era el hombre que quería que la acompañara. Sabía idiomas y costumbres, sabía a dónde ir y qué pedir, sabía de ópera... Sabía de todo. Además, le habían disparado, había cruzado las líneas enemigas y se había metido en una cárcel espantosa para rescatar a su amigo. Sin embargo, con un bebé en brazos parecía muerto de miedo. Era un hombre curioso su Alik. Parpadeó. ¿Desde cuándo era suyo? Miró a las familias que paseaban riéndose y agarradas de la mano. No, Alik no era suyo. No podría serlo jamás. Se lo repitió una y otra vez para no ceder al anhelo que le subía por la garganta. Se abrazó para intentar sujetar los trozos de sí misma, para no rendirse más a Alik.

Alik abrazó con fuerza a Leena y subió a un caballito blanco. Todavía recordaba el primer tiovivo que vio en una plaza de Moscú. Era una diversión para niños y él nunca había sido un niño, nunca se montó. Leena aplaudió y lo miró con un brillo en los ojos, con emoción y confianza. Entonces, levantó una mano y le acarició la mejilla.

—¡Papá!

El tiovivo empezó a dar vueltas y él agarró con fuerza a su hija. El mundo daba vueltas y no podía distinguir ni a Jada ni a ninguna de las otras figuras, solo podía ver a Leena. Ella se reía y daba palmadas en la cabeza del caballo y en su pierna. La felicidad, tan pura, brotaba de ella con naturalidad, y la confianza de la que había hablado Jada. No quería perderla. En ese momento, la tenía, la abrazó con fuerza y se concentró en ella sin importarle el futuro. También intentó asimilar la sensación de vulnerabilidad, la sensación de cariño que se adueñaba de él. No se reconocía a sí mismo. En realidad, no reconocía nada.

—Leena está dormida. Creo que la hemos agotado.

Jada se sentó en el sofá, al lado de Alik y con una taza de café en la mano. Alik tenía una bebida alcohólica en su vaso y una expresión impasible en el rostro.

–Tiene mucha energía –comentó él bajando la mirada.

–Sí. Le gustó el tiovivo.

–Me alegro.

Al parecer, Alik no iba a darle nada esa noche, al menos, de conversación.

–Tuviste una buena idea al llevarla –insistió ella.

–Gracias.

Era desesperante y tenía la costumbre de ponerse frío como un témpano cuando le convenía.

–Aunque no se te ocurrió de repente, lo tenías pensado, pero no quisiste decírmelo. ¿Por qué?

–No estaba seguro de que fuese una buena idea –contestó él mirándola con una ceja arqueada.

Lo dijo en tono despreocupado, pero ella sabía que no tenía nada de despreocupado. Sin embargo, cuando se ponía la coraza, era imposible interpretarlo.

–Podrías habérmelo preguntado.

–No sabía si te gustaría.

Entonces entendió que había algo personal que hacía que se sintiera vulnerable y no quería que ella lo rechazara. Se dio cuenta de que Alik se sentía tan raro en esa situación como ella.

–Aunque no me hubiese gustado, yo no tomo todas las decisiones en lo referente a Leena. Eres su padre y también tienes que tomarlas.

–Lo sé y lo entiendo, pero no sé nada de niños ni lo que les gusta a cierta edad. Yo solo...

–¿Qué?

–Nada.

Jada dejó el café en la mesa que había junto al sofá, apoyó las manos en los muslos y se inclinó hacia él.

–Tú solo... ¿qué, Alik? No juegues conmigo.

–No juego –replicó él levantándose–. Yo solo sabía que cuando era un niño había un tiovivo que solía ver cuando dejé el orfanato. Costaba dinero y no podía gastármelo en esas cosas. Tenía que comprar comida y buscar refugio sin reunía bastante. Ahora tengo dinero y Leena, por extensión, también, puede montarse en un tiovivo si quiere –concluyó con la voz ronca.

–Claro que puede.

No estaba acostumbrada a ver a Alik dominado por la emoción. Sin embargo, cada vez lo hacía más, cada vez conectaba más con Leena y eso era un problema para él... y cada vez le atraía más a ella. Eso le aterraba. No le gustaba lo que sentía cuando estaba con él, pero lo anhelaba. No sabía cómo llamarlo, pero Alik le influía mucho y no podía ni quería evitarlo.

–Yo no tuve dos padres y fui tal carga para mi madre que tuvo que deshacerse de mí.

–Estoy segura de que quiso conservarte, Alik.

–Quisiera lo que quisiese, eso no cambia lo que me pasó después –Alik bajó la cabeza–. Leena se merece tenerlo todo. ¿Cómo sabré dárselo? No sé qué darle.

–Sigue entregándote tú, Alik. Es feliz con eso. ¿No te has fijado cuando la tenías en brazos? Le encanta estar contigo. Te quiere.

–¿Qué pasará cuando se dé cuenta de que soy un padre espantoso? Cuando se dé cuenta de que no sé lo que estoy haciendo –preguntó él con la voz quebrada.

–Yo tampoco sé lo que hago. Solo espero quererla lo suficiente para compensar los errores.

–¿Y si yo tampoco puedo hacer eso?

–Podrás –afirmó ella con una seguridad que no sentía.

–¿Y si no puedo? –insistió él dejando bruscamente el vaso sobre la repisa de la chimenea.

–¿Qué te habría gustado recibir de tus padres?

–No tiene sentido desear lo que no has recibido.

–¿Nunca pensaste en ellos? ¿Nunca te preguntaste por tu madre?

–No.

–Pero ¿qué te habría gustado? –insistió ella para no llorar ni gritar–. ¿Habrías necesitado que fuesen perfectos o te habría bastado que hubiesen estado a tu lado? Está al lado de ella.

–Estaré –dio vueltas al vaso en la mano–. Lo juro.

–Entonces, ella no tiene que preocuparse de nada.

Alik miró el vaso y la miró a ella. Su expresión reflejaba todo su dolor y su inseguridad. Alik tenía sentimientos, pero los ocultaba porque tenía que sobrellevar demasiadas cosas. En ese momento, pudo ver todas las heridas que había recibido a lo largo de su vida y el precio que había pagado por ellas. Entonces, se puso la coraza que había forjado tan perfectamente.

–Vamos a la cama.

–¿No quieres hablar? –preguntó ella.

–Ya he hablado bastante. Ahora, te deseo.

–Alik...

Él se acercó al sofá, apoyó las manos en el respaldo, se inclinó y la besó con desesperación. Estaba casi acostumbrada al abandono fruto de su atracción, pero eso fue distinto. Sabía que la deseaba, pero ese beso no era por ella, era por él mismo. La levantó con un brazo alrededor de la cintura y la estrechó contra sí. Se aferró a él porque no podía hacer otra cosa cuando estaban juntos. Debería negarse a que la utilizara, pero no podía. Cuando la tocaba, estaba perdida. Lo estuvo desde que lo conoció. No sabía lo que eso decía de ella, pero, en ese momento, le daba igual. Le despertaba un deseo anhelante que tenía que satisfacer independientemente de las veces que hicieran el amor. ¿Podía decirse que hacían el amor? Sabía que Alik no lo llamaría así, que para él el sexo no era intimidad.

–Alik –dijo mientras se separaba y lo miraba.

–Ponte detrás del sofá –le ordenó él besándole el cuello.

–Alik...

–Ya.

La orden la excitó, pero todo lo que hacía Alik la excitaba. Había estado casada, pero nunca había jugado a cosas así. Aunque la mirada de Alik no indicaba que estuviese jugando y eso la excitaba más todavía. Rodeó el sofá y él se quedó mirándola inexpresivamente.

–Agárrate.

Ella se agarró al respaldo y se dobló por la cintura.

–Muy bien.

Empezó a soltarse le hebilla del cinturón mientras rodeaba el sofá y a ella se le desbocó el corazón y le costó respirar. Oyó que se bajaba la cremallera y quiso mirar hacia atrás.

–Mira hacia delante, princesa.

Ella obedeció porque no quería que parara. Le acarició la espalda y el trasero y le levantó el vestido. Le bajó las bragas y Jada cerró los ojos mientras la acariciaba y excitaba. Entonces, oyó que rasgaba el envoltorio del preservativo. Metió un dedo dentro de ella y contuvo el aliento.

–¿Preparada?

Ella solo pudo asentir con la cabeza. Entró lentamente y ella clavó las uñas en el respaldo del sofá. Así entraba más profundamente y le gustaba, pero no podía verlo. Empezó a acometer con fuerza y ella se preguntó si era lo que él quería, pero solo fue una ligera punzada de dolor que se desvaneció inmediatamente por el placer que se adueñaba de ella. Alik metió una mano entre sus muslos y le acarició el clítoris. Alcanzó el clímax rápida e intensamente mientras él seguía intentándolo. Volvió a sentir que el anhelo se despertaba en ella. Él bajó el ritmo para que pudiera notar cada centímetro.

Se mordió el labio inferior para intentar contener los gemidos y el estallido de otro orgasmo. Todavía no estaba preparada... La acarició otra vez y estalló. Le temblaban las piernas y sudaba, pero él siguió elevándola más todavía.

–Alik... No puedo...

–Podrás –replicó él con la voz ronca y el aliento en su cuello–. Esta vez, conmigo.

Acometió con más fuerza y acompañado por los dedos. Era imposible. Notó que se formaba otra oleada mayor, tan aterradora que temió no poder soportarla.

Alik se quedó inmóvil, agarrándola con una mano de la cadera y con los dedos de la otra en los pliegues ardientes. Vibró dentro de ella y dejó de ver y oír por el placer devastador. Estaba dominada por el placer, por Alik. Todavía estaba intentando recuperar la respiración y que las piernas la sostuvieran cuando Alik se separó. Oyó que se ponía la ropa y supuso que ya podría mirarlo, pero no se atrevió. Le daba miedo lo que podía ver y lo que podía sentir. Le daba miedo que ya no hubiera más secretos si miraba, que él pudiera ver en su alma, ver lo que no había visto nadie más. Él estaba quitándole una máscara que no sabía que tenía. La máscara que había llevado para complacer a los demás, primero a sus padres y a su marido después. Había sido feliz llevándola, todo había sido fácil y tranquilo. Eso no era ni fácil ni tranquilo.

–Esto es, más bien, lo que puedes esperar de mí –dijo él en tono jactancioso.

Sin embargo, no era sincero, estaba representando un papel y eso la enfureció. La miraba desapasionadamente y vestido.

–¿Sabes una cosa, Alik? Si quieres utilizarme como psicóloga, quizá deberías tumbarte tú en el sofá en vez de que yo me doble por encima.

–¿Qué quieres decir?

–No me interesa que utilices mi cuerpo para que resuelvas tus problemas.

–Te halagas a ti misma si crees que el sexo contigo tiene algo que ver con mis problemas.

–¿De verdad?

No iba a llorar cuando él estaba siendo tan increíblemente distante y espantoso.

–Ya te he dicho que el sexo es solo sexo. Gracias por el orgasmo.

–Basta, Alik.

–Es la realidad cuando estás conmigo, Jada. Acostúmbrate o búscate otro hombre.

No quería otro hombre, ni siquiera el que había amado, pero tampoco quería esa versión de ese.

–Me voy a la cama –dijo ella dándose la vuelta.

–¿No me das las gracias? Has tenido tres orgasmos...

Ella se dio media vuelta sin disimular la rabia.

–¿Y? ¡Puedo conseguir los orgasmos que quiera sin tener que soportar que luego me traten así! Lo que no entiendes es que las relaciones sexuales son mejores que tu propia mano porque son relaciones, pero ni lo aceptas ni lo ofreces. No tiene sentido, ¿no?

No era verdad. No había conocido nada como el sexo con Alik, pero también había creado un lazo con él que no quería. Estaba desgarrándola por dentro y dejándola sin defensas. Su forma de actuar le dolía, pero se alejaba de él por lo que hacía que sintiera... y que fuera.

–Me imagino que no lo tiene para ti. Buenas noches.

Él tomó el vaso, fue al mueble bar y se sirvió otra copa como si no hubiese pasado nada.

–Muy bien. Buenas noches.

Jada se marchó y no se dio cuenta de que se había dejado la ropa interior hasta más tarde. Si no la recogía

Alik, lo haría la doncella, pero decidió que sería menos humillante que volver a recogerla en presencia de Alik. Llegó a su dormitorio y tuvo que hacer un esfuerzo para no dar un portazo. No quería que supiera el daño que le había hecho, pero ¿acaso le importaría? Era el majadero más insensible de la Tierra. Se tumbó en la cama mirando al techo. Había llegado el momento de saber si Alik merecía la pena o abandonaba el barco. ¿Qué quería de él? No podía ser ni amor ni un auténtico matrimonio. En parte, porque Alik no era su primer marido y, en parte, porque ella no volvería a ser aquella mujer. Estaba cambiando, pero no era el mismo cambio que tuvo cuando se casó la primera vez. No estaba cambiando para facilitarle la vida a Alik y para que su matrimonio fuese más armónico. Era un cambio que parecía infinito, sin límites. Era el tipo de libertad que no había querido, que no entendía. Siempre había querido complacer a los demás, pero Alik parecía pedirle que se complaciera a sí misma. Esa mujer que era no habría sido feliz con la vida de hacía tres años, habría querido más pasión de su matrimonio, más sinceridad y menos disimulos. Le daba miedo lo que él hacía que deseara, pero tampoco quería descartarlo. Alik estaba en su presente y le había cambiado el futuro, pero no le gustaba que también estuviese cambiándole el pasado.

Capítulo 13

NO HABÍA dado resultado y no le gustaba el fracaso. En realidad, solo había fracasado cuando engendró a Leena y fue por culpa de un preservativo. Si hubiese fracasado más veces, estaría muerto. Sin embargo, no había conseguido recolocar las cosas dentro de él ni sentirse normal después de montarse en el tiovivo con Leena. Tampoco había conseguido mantener a Jada a una distancia prudencial, aunque lo había intentado. Había creído que, si no le veía la cara, que, si se limitaba al sexo más elemental, sentiría la euforia que siempre sentía con el sexo. Sin embargo, el sexo con Jada tenía un precio que cada vez era más elevado. Si pudiera pagarlo con dinero... Ese exigía trozos de sí mismo, que bajara la guardia, y eso no le gustaba. Había comprobado que tenía sentimientos, pero había levantado un muro tan alto que ni él era capaz de saltarlo cuando quería. Le había dado el mérito a Leena, pero Jada era quien tenía el taladro, quien le perforaba las defensas para que todo se derramara, los años de carencias emocionales...

Ni siquiera podía fruncir el ceño porque estaba sentado en el cuarto de Leena y la miraba dar vueltas en círculo. Balbució una ristra de sonidos que ella debió de considerar que eran palabras porque, cuando terminó, se quedó mirándolo.

—No sé qué has dicho...

Ella siguió balbuciendo y agitando las manos. A pesar de su mal humor, esbozó una leve sonrisa. Jada tenía razón en una cosa, los bebés eran encantadores. Al menos, lo era Leena. Era lo más precioso que había visto. Se tumbó boca abajo, se apoyó en un codo, le tomó una mano y le contó los dedos. Luego, le contó los de la otra mano y los de los pies.

–Eso fue lo primero que hice cuando la tuve en brazos en el hospital.

Alik miró por encima del hombro y se sentó.

–¿De verdad?

–Sí.

Jada entró en la habitación y él se preguntó cuánto tiempo habría estado mirando. No le gustaba que lo vieran en esa situación. Los sentimientos hacia Leena, los sentimientos que sentía en general, eran como una piel nueva que le crecía sobre las heridas y todavía era muy frágil.

–Quería cerciorarme.

–Claro, no me extraña.

–No la tuve en brazos en el hospital –añadió él con un arrepentimiento súbito–. Me gustaría haber sabido que existía y espero que, si lo hubiese sabido, me habría ocupado.

–¿Lo dudas sinceramente?

–Mi opinión sobre los bebés cambió al ver a Sayid con su familia, pero hace un año... No sé qué habría hecho.

–Habrías hecho lo que tenías que hacer, Alik, porque es lo que haces.

–No, Jada, no lo es.

Alik se levantó y Leena empezó a gritar con los brazos extendidos y mirándolo con tristeza. Se agachó, la tomó en brazos y ella dejó escapar una risa triunfal.

–Me he pasado la vida haciendo lo que era mejor para mí sin importarme los demás.

–¿Qué ha cambiado?

–No lo sé, quizá, yo, pero solo podemos esperarlo.

La noche anterior, con Jada, había hecho lo que le

complacía a él y solo a él. Sin embargo, no había salido según lo previsto. No se había distanciado de ella como supuso al principio.

—¿Quieres cambiar, Alik?

—Si es posible...

—Anoche me hiciste daño.

Esas palabras fueron como una bofetada.

—¿Dónde? ¿Qué hice?

—No fue un dolor físico —reconoció ella sonrojándose—. Físicamente me gustó, pero tu forma de tratarme... Entiendo que no quieres amor y todo eso, pero no quiero que tengas que demostrarme que no sientes nada cada vez que estás conmigo.

—¿Quieres amor, Jada?

—No... —ella sacudió lentamente la cabeza—. No de ti.

Esas palabras fueron como una puñalada, aunque él no pudo entender el motivo.

—Entonces, ¿qué quieres de mí?

—Respeto, que no me trates como a una ramera.

—No te trato así.

—Lo hiciste anoche, como a una mujer que solo estaba allí para satisfacerte.

—Te di placer, más que la noche que...

—¿Sabes una cosa? Preferí la noche que tuviste el orgasmo primero —dijo ella sonrojándose.

—¿Por qué?

—Anoche solo fue una cuestión de vanidad, Alik. Querías demostrar que eres un semental... —Jada miró a Leena—. Ya sé que no entiende lo que estamos diciendo, pero no puedo evitar pensar que puede ser una experiencia traumática para ella.

Alik dejó a Leena en la cuna con un rompecabezas. Aunque lo miró con rabia, no gritó.

—Vámonos.

Salieron del cuarto de la niña y Alik cerró la puerta.

–Ahora puedes terminar de contarme por qué te dejé sexualmente insatisfecha.

–Estabas demostrándote algo a ti mismo, no me lo entregabas a mí. La otra vez, perdiste el control y creo que me gustó más. Al menos, fue sincero. Estoy harta de la falta de sinceridad.

–¿Cuándo no he sido sincero?

–Lo eras al principio, pero ahora te proteges y ya he tenido esa relación en la que todo el mundo disimula lo que quiere para no hacer daño a nadie, para no hacerse daño a sí mismos.

–Creía que no querías amor...

–No lo quiero.

–Entonces, ¿a qué vienen las comparaciones?

–Tienes razón, pero creo que preferiría la abstinencia al placer fruto de tu control calculado.

–Eso es absurdo, Jada. El sexo es placer.

–No solo. ¿Acaso no oíste lo que te dije anoche?

Sí, lo había oído. Prefería darse placer sola que con él. No le gustó, atravesó sus defensas con una precisión asombrosa.

–Imposible no oírlo.

–Las relaciones sexuales son intimidad con alguien, una relación. No es una descarga de adrenalina. No sabrás lo que es hacer el amor hasta que no te des cuenta de que estás perdiéndote mucho sobre el sexo.

–¿Eres una experta?

–Alik, en lo referente al placer y la excitación, el mejor sexo lo he tenido contigo, sin duda, pero luego me quedo sola y fría y ya estoy harta de eso.

No le gustaba oír que le hacía daño, que le transmitía su frío interior a ella. Era cálida, hermosa y radiante. Estropearle eso era como una puñalada que le atravesaba la coraza del corazón.

–Lo siento, no quería hacerte daño.

Había intentado protegerse tanto que no se había preocupado por lo que podría hacerle a Jada al mantenerla al margen. Hasta ese momento, no había entendido que el sexo pudiera estar relacionado con los sentimientos. Aunque no era verdad del todo. Había empezado a entenderlo desde la primera vez que la tocó porque después, la sensación de ella permanecía. Su olor, femenino y embriagador, lo perseguía. Nunca había podido tenerla y sacársela de la cabeza, mirarla y olvidarse de ella. Siempre permanecía en sus pensamientos, como su olor en la piel.

–Lo sé, Alik. Nunca has querido hacer daño a nadie. Sencillamente, no siempre has entendido lo que sienten los demás.

Él no sentía como los demás y, en ese momento, era algo que no soportaba porque le había hecho daño a Jada y podría hacérselo a Leena.

–Siempre pensaba que, si sonreía lo suficiente, empezaría a sentirme feliz, que, si hacía cosas que hacían que me sintiera bien, podrían convertirse en algo más. No es verdad. Nunca sentí nada, pero sí lo siento con Leena... y contigo.

–¿Conmigo? –preguntó ella quedándose pálida.

–Sí. Siento haberte hecho daño y saberlo... me duele.

–Empatía.

–Sí. Es algo nuevo para mí. Me alegro de haberla encontrado. Estoy en deuda contigo por cómo te traté anoche.

–No, Alik. No se trata de saldar deudas. Sencillamente, no lo hagas otra vez.

–Me gustaría que saliéramos.

Quería que ella sonriera, estar en público con ella al lado, que todo el mundo viera que era suya. Era un deseo desconocido para él. Empezaba a sentirse un hombre distinto.

–¿Y Leena?

–Marie está aquí...

–Lo sé, pero no quiero descargar todas las responsa-
bilidades en ella.

A Jada le costaba ceder el control a la niñera, pero a
él, egoístamente, la gustaba que pudiera tener más
tiempo libre con él.

–Salir una noche no es descargar todas las responsa-
bilidades. Por favor, sal conmigo.

–De acuerdo, pero tengo que cambiarme.

–Ponte algo rojo.

–No venía a un club desde... quizá desde nunca.

Jada miró la sala llena de gente que estaba sentada en
pequeñas mesas alrededor de la pista de baile. No era
una discoteca con destellos de luces y lo agradeció. Estaba oscura y una banda de jazz tocaba en el escenario.

–¿No habías estado en un club?

–Me casé muy joven y estuve muy ocupada con la
casa. Salíamos, pero no a bailar y menos a un sitio así.

–¿Nunca os apeteció?

–Sencillamente, no lo hicimos.

–Entonces, ¿estás aquí solo por mí? –preguntó él con
el ceño fruncido.

–Me apetece estar aquí, pero no es que él me lo im-
pidiera. Me gustaba lo que hacíamos. Efectivamente, el
asunto del hijo causó algunos problemas, pero los ha-
bríamos solucionado.

–¿Esta noche quieres bailar?

–Sí, esta noche quiero bailar.

La miró de arriba abajo. Lo había obedecido y llevaba un vestido rojo y corto. Era un vestido que se había comprado la semana anterior pensando en que a
Alik le gustaría. Incluso, estaba cambiándole los gustos
sobre la ropa.

–La última vez que bailé fue el día de mi primera boda –comentó ella.

–Hace mucho tiempo...

La tomó de la mano y la llevó al centro de la abarrotada pista. Alik la tomó entre los brazos y ella se fundió con él. Bailaron despacio. Era muy sencillo y romántico.

–No me parece el tipo de club al que van los multimillonarios.

–Es posible, pero es el tipo de sitio al que acudía cuando vine a París la primera vez. Pensé que estaría bien enseñártelo, venir contigo.

–Gracias –dijo ella con un nudo en la garganta.

Entonces, la banda empezó a tocar un ritmo que no podía seguirse con ese ligero balanceo. Alik sonrió, le soltó la cintura y la agarró de las manos. No era una bailarina muy ducha, pero era fácil seguir a Alik. Le daba giros y la agarraba antes de volver a soltarla. Se rio por el torbellino de sensaciones que le daba vueltas en el pecho y en la cabeza. En un momento dado, se quitó los zapatos con los pies y los tiró debajo de la mesa. Bailaron hasta que empezó a sudar y se quedó ronca de reír y cantar.

–La última canción –Alik le tradujo lo que había dicho el cantante–. ¿Quieres bailarla?

–Me has agotado –contestó ella mientras volvía a la mesa y se ponía los zapatos–. Ha sido... muy divertido. Gracias. No sabía que me gustaría tanto bailar.

Estuvo a punto de decir que tenían que repetirlo periódicamente, pero no tenía sentido.

–Yo tampoco –reconoció él.

La agarró de la mano y salieron del club. Notó el frío seco después de la humedad de la pista.

–No sabía muchas cosas de la vida hasta que te conocí, Jada.

La abrazó y la besó. Fue delicado, cariñoso y aterrador.

–Quiero que me enseñes –siguió él con la voz áspera.

–¿Qué voy a enseñarte? –preguntó ella.

La gente salía de los clubes y empezaba a rodearlos, pero ella no quiso moverse para no romper el hechizo.

–Enséñame a hacer el amor.

¡No! Esa petición tan sencilla la asustaba más que cualquier cosa que hubiese vivido con él. Se preguntó si no debería haberse conformado con el encuentro en el sofá. No debería haberle pedido más porque eso era demasiado, se parecía demasiado a su temor más profundo porque no le pedía su cuerpo, le pedía su alma y no sabía si podía dársela. Cuanto más lejos llegaba con Alik, más lejos le quedaba el pasado porque estaba convirtiéndose en una mujer que no encajaría en él. Le aterraba perderlo y deshonrarlo, ser una persona completamente distinta a la que se casó con su marido. Solo tenía recuerdos y también los veía de forma distinta. Temblaba por dentro, pero lo miró a los ojos porque sabía que no podía negarle nada.

–De acuerdo, te enseñaré, Alik.

Quería emborracharse, pedirle a Jada que le diera un rato cuando llegaran a casa para beber unas copas. Sin embargo, cuando entraron en el recibidor y vio a Jada con el vestido rojo que permitía ver sus piernas bronceadas, se alegró de estar sobrio. Aun así, cuando se acercó a él, tembló como un adolescente, nunca había estado nervioso antes de una relación sexual. Sin embargo, en ese momento, estaba a punto de desmoronarse. Aunque, si bebía para embotarse, sabía que se perdería algo porque siempre quería sentirlo todo con Jada y siempre lo dejaba anhelante de más. Se había apoderado de él como no lo había hecho ninguna mujer y no iba a resistirse porque era un sentimiento que había buscado toda su vida. Ni las drogas ni el alcohol ni una mujer hermosa lo habían llevado al borde del éxtasis y, sin embargo, llegaba allí con solo mirar a Jada, y no era porque anunciaba el placer físico. Era como estar delante de una chimenea que le daba calor por dentro y por fuera. Había intentado algo así durante casi toda su vida, había intentado dar calor a los espacios gélidos, que las partes muertas cobraran vida.

En ese momento, tenía miedo de no saber qué hacer, de que ella quedara defraudada. ¿Seguiría deseándolo cuando toda su protección se hubiera esfumado y solo quedara Alik?

No tenía tiempo de darle muchas vueltas porque estaba acercándose con los ojos clavados en los de él, como si viera dentro de él. Era imposible, naturalmente, porque, si viera todo lo que ocultaba el muro que rodeaba su corazón, se daría media vuelta, y no lo había hecho.

–El sofá me parece muy excitante, pero esta noche podríamos utilizar la cama...

–Tú mandas esta noche –dijo él–. Es toda tuya.

–No, Alik, es de los dos.

Ella tendió una mano y él la tomó. Le temblaba la mano y los ojos le brillaban, pero no supo por qué y maldijo su incapacidad para entender sus sentimientos.

–Toda la noche es de los dos. Esa es la primera diferencia entre el sexo y hacer el amor. No se trata de mi placer ni de tu placer, es el de los dos.

Él asintió con la cabeza y con el pulso acelerado. Empezaron a subir las escaleras y él se estremeció. Se rio.

–¿Qué pasa? –le preguntó ella.

–He soportado fuego enemigo sin inmutarme, pero esto, conectarme con otra persona, me aterra.

–Creo que eres suficientemente valiente como para soportar una noche haciendo el amor conmigo –replicó ella antes de besarlo.

Él no estaba tan seguro y tuvo que hacer un esfuerzo para no tomarla en brazos, llevarla al cuarto y aliviarse físicamente. Ese lento recorrido estaba aumentándole la presión por dentro. Quería esconderse detrás de lo que conocía, llevar las riendas, pero estaba fascinado y era demasiado autodestructivo como para renunciar a algo que le hacía tanto daño. ¿Acaso no había vivido toda la vida como si le diera igual vivir que morir? Eso podía derribar todos los muros y dejarlo libre o garantizarle un sitio en el infierno. Solo esperaba no arrastrar a Jada con él.

Esa vez, fueron al cuarto de él. Nunca habían estado allí porque eso le daría la iniciativa a Jada de lo que pasaría después, si se quedaría o se marcharía.

—Desvístete —le pidió ella.

Él obedeció y ella hizo lo mismo. Una vez desnudos, se tumbaron en la cama y ella lo abrazó con la cabeza en su cuello. Inhaló y suspiró. Fue un sonido de felicidad que le oprimió el pecho, un sentimiento que quiso reprimir. Si la ponía de espaldas, podría llevarla al límite del placer y conseguir que se olvidara de todo eso. Sin embargo, prefirió seguir con la tortura, sumergirse en esa forma de castigo desconocida hasta entonces... salvo que quedara destrozado y sin reparación posible. Lo besó lenta y profundamente, fue un tormento erótico para el cuerpo y el alma. Estaba en armonía con él, su beso era solo para él y él quería corresponderle con el mismo placer. No con el placer fruto de su experiencia con el sexo, sino de su experiencia con ella. Apartó un poco la boca para morderle levemente el labio inferior porque sabía que le gustaba. Ella dejó escapar un ligero gemido y sonrió. La opresión del pecho aumentó, hizo que se sintiera como si intentara cargar con algo demasiado grande, pero demasiado maravilloso para dárselo a otro hombre. Jada era suya, eso era suyo. La besó entre los pechos.

—Eres la mujer más hermosa que he visto.

Le recorrió el pezón con la punta de la lengua antes de tomarlo con la boca. Ella se arqueó con las manos entre su pelo. Él sonrió. Siempre hacía eso, como si él la anclara a tierra. Le encantaba. Su piel era muy suave y la recorrió con las yemas de los dedos para memorizarla. Nunca había habido otra mujer como ella. En ese momento, no recordaba a ninguna mujer. Todo era intrascendente. La violencia y el dolor desaparecían bajo las manos de Jada. Sus caricias difuminaban el recuerdo de todo y sus susurros borraban las imágenes de violencia y las atroces palabras que había oído desde niño. Cuando entró en ella, fue como si el mundo se desvaneciera y solo quedaran ellos dos, que ni siquiera parecían dos personas ya. Le rodeó la cintura con las piernas para seguir el ritmo de él hasta que no supo ni quién llevaba las riendas ni dónde empezaba uno y acababa el otro. Notó que sus músculos se tensaban alrededor de él y se dejó arrastrar por la oleada que iluminó hasta el último rincón de su ser. Creyó que el corazón iba a estallarle, pero, cuando se repuso, seguía igual, aunque estaba completamente cambiado. Jada lo abrazó y él la estrechó contra sí. Ella apoyó la cabeza en su pecho con una mano sobre el corazón. Por primera vez en su vida, no tuvo prisa por dejar a la mujer que tenía al lado, no pensaba en lo que tenía que hacer o a dónde ir. Jada saciaba sus sentidos y le gustaba.

—El ancla no significa nada —comentó él sin saber por qué.

—¿El ancla?

Él le enseñó el tatuaje del brazo.

—En el orfanato me dijeron que mi padre estaba en la marina. Creo que es lo que les dijo mi madre. No sé si era verdad, pero me pareció que podría sentirme más cerca de él. Los marineros se hacen tatuajes así. Tenía diecisiete años, andaba dando vueltas por Asia y me pareció que podría sentirme conectado con alguien, con algo. Fue una sandez, pero el tatuaje me gusta.

–Me gustan tus tatuajes. Consiguen que tu pasado esté cerca de ti. Son recordatorios permanentes de los sitios donde has estado.

Jada lo miró con una tristeza en los ojos que lo dejó sin respiración. Se preguntó si era por algún recuerdo del pasado o si él tenía la culpa.

–Los recuerdos están bien, pero no volvería a ningún momento de mi pasado.

La observó con detenimiento y captó un destello de dolor en su rostro. Fue a acariciarle la mejilla, pero ella apartó la cara. Luego, se sentó y se tapó los pechos con la sábana.

–Tengo que volver a mi cama, tengo que estar cerca de Leena.

–Puedes oír si...

–A lo mejor no la oigo.

Se levantó de la cama, recogió la ropa y se vistió muy deprisa. ¿Se sentía así ella cuando él se marchaba? ¿Rechazada? ¿Desnuda? Él se sentía así y mucho más.

–No te vayas...

–Es... lo mejor. Nos veremos por la mañana.

Se dio la vuelta, se marchó y cerró la puerta. Esa noche, había sentido la verdadera intimidad y lo que era que rechazaran la intimidad. Lo último hizo que lo primero le pareciera increíblemente sobrevalorado. Esa noche no podría dormir. Se levantó y se puso los pantalones y las zapatillas de deporte. Tenía que pensar y, para conseguirlo, tenía que correr. No pararía hasta que encontrara la respuesta a lo que le abrasaba en el pecho.

Capítulo 14

BUENOS días, Alik.
–Buenos días.
Alik se sentó a la mesa del desayuno. Leena estaba en su sitio habitual y Jada, en el suyo. Todos tenían sitios habituales y Jada quiso gritar. ¿Por qué no se había dado cuenta de lo mucho que tendría que pagar por hacer el amor con Alik? Había pensado que podría, pero estaba desgarrándose por dentro.

–El desayuno es muy, muy bueno esta mañana –comentó ella mientras le daba un plátano a Leena.

–Eso parece. Termina de desayunar porque quiero hablar contigo.

–Voy a sacar de paseo a Leena. Quizá después...

–He llamado a Marie y sacará de paseo a Leena. Vas a hablar conmigo.

–De acuerdo. Me terminaré el café.

–Puedes llevártelo a la sala.

Justo entonces, la jove morena que cuidaba a Leena entró en el patio.

–*Bonjour*.

–Marie, ¿te importaría terminar de darle el desayuno a Leena?

–¡Claro! –exclamó ella con tanto entusiasmo que le dio dolor de cabeza a Jada.

Jada, ya sin excusas, se levantó a regañadientes y Alik, también. Alik dio un beso en la cabeza a Leena y la escena hizo que a Jada se le partiera el corazón un poco más. Él quería a Leena y, además, podía demostrarlo.

Era todo lo que necesitaba por Leena y por él y eso hacía que le resultara más fácil lo que tenía que hacer por sí misma... o menos peligroso. Había enseñado a Alik a amar y ya no la necesitaba como amante. Ella no podía seguir jugando con fuego.

–¿Por qué te alejas de mí, Jada? –le preguntó él cuando estuvieron solos.

–No lo hago, pero, ya que lo dices, he estado pensando algo desde anoche.

–¿Qué?

–Siempre hemos dicho que esto... esto que hay entre nosotros terminaría y creo que tiene que terminar ahora.

–¿Qué...? –preguntó él como si lo hubiera abofeteado.

–Va a terminar, Alik, y quiero que termine ahora, mientras nos llevamos bien y nos respetamos. Además, eres un padre muy bueno con Leena y...

–¡Ya!

–¿Qué?

–Estás mintiendo. No quieres terminar mientras nos llevamos bien. No te creo.

Tenía razón, estaba mintiendo, pero tenía que hacerlo. Todo lo que había sido y le había importado estaba difuminándose en su cabeza y Alik estaba cada vez más nítido.

–Ya hablamos de esto. Iba a terminar y creo que debemos hacerlo mientras todo vaya bien...

–¿Qué va bien cuando dos personas no pueden dejar de acariciarse, Jada? Dímelo. No soy un experto en que las cosas vayan bien y no puedo saberlo.

–Está pasando –contestó ella.

–¿De verdad?

–A mí, sí –mintió ella con una punzada de dolor en el pecho.

–No lo termines.

–¿Por qué?

Alik miró al suelo y volvió a mirarla con un destello en los ojos grises.

–Porque me he enamorado de ti.

Era la confesión que más había anhelado, que más había temido y a la que no podía contestar.

–No, Alik, no te has enamorado.

–¿Ahora vas a decirme lo que pienso porque eres una experta en sentimientos y yo no sé nada?

Estuvo a punto de reírse. Nunca se había sentido menos experta. Estaba desorientada por el dolor y la incertidumbre, pero tenía que hacerlo.

–No es eso, es que ha sido un período muy distinto y complicado para ti y creo que tú podrías...

–No, Jada. Si esto no te interesa, dilo, pero no te atrevas a cuestionar lo que siento. Te amo y tú no vas a obligarme a negarlo.

–No quiero que me ames.

–Me da igual –la agarró de las manos y la estrechó contra sí–. Me da igual lo que quieras. Te amo. No había amado nada en mi vida hasta que vi a esa niña en el tribunal. Verla me abrasó el corazón, Jada. Además, allí estabas tú desafiándome y tentándome –bajó la cabeza para susurrarle–. Me dejaste entrar en ti, ¿eso no cuenta para nada?

Se sentía mareada y el dolor se clavaba en ella como un puñal, pero eso no era nada en comparación con el terror que le daba la idea de perderlo, la idea de entregarse tanto a él que, si la abandonaba, nunca podría recuperarse. Se apartó de él.

–No lo entiendes, Alik. He conocido el amor y no es esto, no se siente esto. Yo no soy esto.

–Claro, no soy el mismo hombre que él ni tú eres la misma mujer que eras. Has atravesado el infierno, ¿creías que ibas a salir necesitando lo mismo que cuando entraste?

–¡Claro que no soy la misma! Sería imposible, pero lo que me pides también es imposible. Quieres que me olvide de él, que...

–Nunca he dicho que quiera que lo olvides.

–¿Qué alternativa queda? Cada vez me alejo más de él y ni siquiera puedo recordar lo que sentía. He estado mucho tiempo ahogándome en el dolor y la pena y antes de eso tenía una vida y unos sueños que me bastaban para el futuro. Si sigo alejándome, ¿qué habrán significado? Es como si lo hiciera sin que importara.

–¿Por qué no pueden importar también? ¿Por qué no puedes soltarlo y...?

–¿Cómo puedes saber lo que puedo soltar y lo que no, Alik? Te has aferrado a tu dolor y lo has ocultado toda tu vida. Has estado huyendo de tus sentimientos y de tu dolor, ¡no me digas lo que debería soltar!

–Tienes razón, me he pasado mucho tiempo huyendo, Jada, y sé lo que es eso. Tú ni siquiera estás huyendo, estás quedándote en el mismo sitio porque te da miedo pasar página. Sé que asusta y que duele, pero, aun así, hay que avanzar. Tú me dijiste que había que pasar página, pero no te mueves, Jada, estás quieta en el mismo sitio.

–Entonces, debería seguir como si él no importara, como si no pasara nada...

–Tú no moriste hace tres años, murió él –replicó Alik en tono tajante y enojado.

–Basta.

–No. Estás viva, Jada Patel, pero prefieres enterrarte, vivir sin cambiar ni avanzar. Hay vida por delante, podría haberla conmigo, pero no la quieres.

Le brillaron los ojos por las lágrimas y la rabia.

–Que no te quiera a ti no significa que no quiera vivir. Cambié. Me quedé con Leena, ¿no?

–No cambiaste, dejaste de tener a alguien que te impedía lo que siempre habías querido. Él te lo impedía,

Jada, quieras reconocerlo o no. Se interponía en el camino de Leena, de quien eres.

–No, Alik. Era un buen hombre, él...

–¿Mejor que yo?

–Sí –él retrocedió como si lo hubiera abofeteado, pero ella siguió–. Quiero una vida sencilla y normal que no me haga daño. Quiero criar a mi hija contigo porque eres su padre, pero no quiero ser tu esposa.

–Entonces, tienes suerte –replicó él lentamente mientras tomaba un sobre de la mesa–. La adopción está resuelta, no tienes que ser mi esposa.

–¿No? –preguntó ella parpadeando lentamente.

–No.

–Ah...

–Escúchame. Me divorciaré de ti y te daré lo que quieres. Te instalaré en una casa aquí, en Attar, en Nueva York o en Oregón, me da igual, pero antes voy a decirlo una vez más y, si lo rechazas, no lo repetiré. Si me rechazas otra vez, lo retiraré. ¿Lo entiendes?

Ella cerró los ojos y se le derramó una lágrima por la mejilla. Asintió con la cabeza.

–Te amo.

Ella negó con la cabeza, dejó escapar un sollozo y le cayeron más lágrimas.

–No –fue todo lo que pudo decir.

–Entonces, es la última vez que te torturaré con esas palabras. Vete.

–Alik...

–Vete.

Alik la miró marcharse y sintió que el pecho se le partía en dos. Se sentía en carne viva, sentía la intensidad de la pérdida y el amor que palpitaba detrás. Por eso se había insensibilizado tanto tiempo, porque si no, su vida habría sido un infierno de dolor. Sin embargo, si hubiera aprendido a sentir, quizá ese momento no fuese tan devastador, quizá hubiese elaborado un sistema de seguridad contra ello. Así, en ese momento, no estaba preparado para haberle dicho a una mujer que la amaba y que ella le diera la espalda. Por un instante, quiso hacerle el daño que sentía, quiso arrebatarle a Leena, pero se imaginó el daño que le haría y el suyo se duplicó. El amor era un infierno. No le extrañó que se hubiese acorazado contra él. Deseó poder acorazarse otra vez y volver a la vida anterior a Jada. Deseó no haber hecho el amor con ella y no saber lo que era la intimidad. Sin embargo, si volvía a ser el hombre que era, no querría a Leena y ella compensaba tanto dolor. Era muy raro. Había vivido mucho tiempo sin una razón y por eso había coqueteado con la muerte. En ese momento, moriría por Leena sin dudarlo, pero, por ella, quería vivir más que nunca... y también quería arrancarse el corazón del pecho. Era demasiado pronto para beber y no tenía forma de sofocar el dolor. Salió al patio. Marie seguía hablando con Leena. La tomó en brazos, le olió el pelo y una sensación de calma se abrió paso entre el dolor. Independientemente de todo, tenía a Leena. No necesitaba a Jada, solo necesitaba a su hija y no le haría daño separándola de su esposa, de la mujer que pronto sería su exesposa. Devolvió a su hija a la niñera y salió a pasear. No paraba de repetirse la palabra «exesposa». Apretó los dientes. Le daba igual. Había prometido que no volvería a decirle que la amaba. Había perdido la ocasión. Habría podido tener libertad y seguridad, habría podido aferrarse al recuerdo de un marido que ya no podía abrazarla. No volvería a ofrecerle su amor.

Había mandado a Leena a Attar y él había ido a Bruselas a retomar el asunto que interrumpió cuando se enteró de que tenía una hija, antes de casarse. Paseaba por las calles frías y húmedas y los clubes eran tentadores. Tenían lo que necesitaba para olvidar, sobre todo, mujeres. Entró en uno y el olor a tabaco, alcohol y sudor le pareció muy conocido, mucho más que la sensación de vulnerabilidad. Allí no había dolor ni necesidad de ser sincero, todo era superficial y perfecto. Se acercó a la barra, pidió una bebida y miró alrededor hasta que la vio. Era alta y rubia. Todo lo que no era Jada. Estaba en el otro extremo de la barra con una copa en la mano. Levantó un palillo de la copa y se metió una guinda en la boca. No era muy sutil, pero él tampoco. Se llevó la copa a los labios y la miró a los ojos. Ella se acercó contoneando las caderas.

–¿Me invitas a otra copa? –gritó ella para que lo oyera.

Él asintió con la cabeza y llamó al camarero. Sabía los pasos de ese baile, aunque sintió náuseas. Ella le tomó la mano, ladeó la cabeza, habló y se pasó la lengua por los labios. Se le nubló la visión, hasta que vio a Jada con un vestido blanco recorriendo un pasillo para dirigirse hacia él como si fuese a galeras. Entonces, oyó que prometía fidelidad, oyó a Sayid que le preguntaba si lo que había dicho no importaba. Sí, importaba, independientemente de lo que él quisiera creer. Ella importaba y que no quisiera corresponder a su amor no lo anulaba.

–Tengo que irme.

Dejó la copa en la barra y se dirigió hacia la puerta. No le extrañó que aquello nunca lo hubiera satisfecho. No tenía nada real ni trascendente. Jada y Leena eran lo único real, lo único que importaba, y, si tenía que pasar mil veces por el dolor del rechazo, lo haría, porque antes de Jada era prisionero de sí mismo y en ese momento, a pesar del dolor, era libre.

Alik se había marchado hacía unos días y las había dejado en Attar. No podía quejarse. Necesitaba distancia. Tenía que ordenarse las ideas y encontrarse a sí misma. Aunque la idea de la distancia, de la separación, no era muy convincente porque le dolía mucho. Leena ya se había dormido y en cierto sentido era una bendición, pero sin su hija se quedaba sola con sus pensamientos, que eran amargos. Sobre todo, consigo misma, pero también con Alik por pedirle demasiado. Suspiró y se quedó mirando el mar. Echaba de menos a Alik, sus caricias, sus besos, su risa. Echaba de menos lo feliz que se sentía con él. Le había dicho que ya no era la misma mujer y no podía dejar de pensarlo. La asustaba que hubiera cambiado tanto, que sus recuerdos estuvieran difuminándose y el pasado perdiera nitidez, que ya no fuera algo que idealizaba como la máxima perfección, sino que fuese algo con defectos, real. Estaba al borde del precipicio y no sabía si saltar. Temía que si entregaba su nuevo ser a Alik, perdería la que había sido con Sunil. Sin embargo, Sunil ya no estaba y no sabía qué habría pasado si siguiera allí, no podía saber cómo habría cambiado, si hubiese cambiado. La verdad era que la mujer que estaba allí en ese momento quería a Alik y a nadie más, esa mujer no retrocedería porque esa vida era la que había deseado sin saberlo. Además, quería muchísimo a Alik, sus caricias, su risa...

Esperó el remordimiento por lo que acababa de reconocer ante sí misma, pero no llegó. Cerró los ojos y levantó la cara para sentir la caricia de la brisa. Pensó en Alik, cuando pensaba en la palabra «marido», veía su cara, cuando pensaba en el amor... Se dio cuenta de que no podía avanzar con un pie en el pasado, se dio cuenta de que lo había hecho para mantenerse a salvo porque el majadero de Alik, el sexy y maravilloso Alik no dejaba que estuviera a salvo. La había abierto en canal, había hecho que se riera y que se preocupara, había hecho que quisiera pasar al siguiente capítulo de su vida y no seguir leyendo los mismos. Había sido feliz con Sunil, pero con Alik podía esperar algo mucho más completo y eso la había aterrado. Sin embargo, lo había tirado todo por la borda. Alik nunca volvería a ofrecerle su amor, lo dijo con un rostro gélido y...

—¿Cómo te atreves?

Se dio la vuelta y vio a Alik que se acercaba. Llevaba lo que quedaba de un traje, sin corbata y con la camisa arrugada y remangada.

—¿Cómo me atrevo a qué?

—A... irrumpir en mi vida.

—Tú fuiste quien irrumpió en la mía.

—Entonces, ¿por qué soy yo el que se ha quedado destrozado?

Ella se encogió. Le dolía ver la angustia que se reflejaba en sus ojos. La agarró del brazo y la atrajo hacia sí con una expresión implacable.

—Me dejaste sin protección, sin todo lo que me mantenía entero y luego, te alejaste de mí.

—¿Cómo me atrevo? —preguntó ella—. ¡Cómo te atreves tú! Me siento... como si ya no supiera quién soy. No, me siento como si me hubiese encontrado a mí misma por primera vez y no tuviera nada que esconder detrás. Ya no tengo ninguna excusa para no... para no agarrar lo que quiero y eso, lo que quiero, me da miedo. Alik, lo quiero tanto...

—¿Qué quieres?

—A ti —ella tomó aliento—. Solo te quiero a ti pase lo que pase. He hecho muchas tonterías últimamente.

—¿De verdad? —preguntó él, que se había quedado petrificado.

—Sí. Alik, fui una necia. Estaba tan centrada en proteger todo lo que ya había pasado que no vi lo que podía conseguir ahora. Tenía mucho miedo de la mujer que estaba empezando a ser y quise aferrarme más al pasado.

–Como estoy comprobando, los sentimientos son una cosa muy rara –dijo él lentamente–. Casi toda mi vida, quise sentir algo y no lo conseguí. Quise sacar sentimientos profundos de cosas superficiales, pero eso no da resultado. No puedes protegerte y enamorarte a la vez.

–Algunas veces, tampoco puedes evitarlo aunque quieras. Quise evitarlo, Alik, pero no pude.

–¿Qué quisiste evitar, princesa?

El cariño de su voz hizo que quisiera llorar, hasta que se dio cuenta de que ya estaba llorando.

–Alik, intenté arreglarte porque era más fácil que mirarme y ver el embrollo que era todavía. Tenía miedo de que, si quería otras cosas, si me convertía en otra persona, deshonraría la memoria de mi marido, pero tenía más miedo todavía de no poder esconder nada de mí misma. Hiciste que empezara a olvidar.

–Por mi atractivo sexual, creo.

–Eso crees tú y, la verdad, así fue al principio.

–¿Y ahora?

–Soy la mujer más hipócrita, ridícula y que menos se conoce del mundo.

–¿De verdad?

–Tengo que serlo porque me convencí de que mi pasado era la perfección.

–Yo sé que no soy la perfección.

–Espera, Alik, déjame terminar. Creí que pasar la página de mi pasado sería una deslealtad o que lo borraría, que desear algo distinto rebajaría lo que había tenido hasta entonces. Alik, hiciste que deseara otra vez, que soñara. Me llevaste a bailar, me hiciste feliz, me hiciste ver que deseaba cosas que ni siquiera sabía que deseaba y con todo eso... ya no necesito recuerdos, pero esos recuerdos significaban mucho, eran delicados y serenos, eran lo que creía que era el amor.

–Nosotros no somos ni delicados ni serenos, ¿verdad?

–No. Me pones a prueba. Me excitas como no ha hecho ningún hombre. Me he pasado la vida haciendo lo que debía hacer y nadie ha hecho que quisiera desviarme del camino, pero tú... ¡me tomaste contra la pared en la ópera! Haces que pierda el control, me aturdes, y nunca había sentido eso ni lo había deseado. Además, no entendía que pudiese ser yo, que lo que hay entre tú y yo pudiese ser amor.

Él le acarició la mejilla con una tristeza tan profunda en los ojos que se le encogió el corazón.

–Es posible que no lo sea para ti.

–No. Tenías razón. Es distinto porque tú eres distinto, porque yo soy distinta y necesito serlo. Por eso salí corriendo, Alik, cuando me dijiste que me amabas. Tenía que afrontar la realidad, también te amaba y...

–¿Me amas?

Ella asintió con la cabeza sin poder articular palabra.

–Entonces, ¿por qué te alejaste de mí?

–Estaba huyendo, deberías saber qué es eso.

Alik le secó las lágrimas con los pulgares.

–¿Dejarás de huir de mí, de nosotros? Yo lo he hecho. Intenté volver atrás, Jada, y no me enorgullezco de ello. Intenté ir a un club y conquistar a una mujer, pero ni quise ni pude. He cambiado demasiado por lo que ha pasado entre nosotros.

–Yo también. Tampoco quiero retroceder y eso es lo que me asustó, Alik.

Él le tomó las manos y se las llevó al pecho.

–Derribé todos los muros que tenía dentro para que nada nos separara y juré que no te lo diría otra vez, pero mi orgullo puede irse al infierno porque si no te tengo... nada tiene sentido. El orgullo no me dará cariño ni me mostrará la belleza. Eres lo que he estado buscando toda mi vida. Eso es lo que siento. Creía que estaba muerto por dentro, que nunca podría conseguir esto, hasta que apareciste.

Miró al hombre que la había cambiado y que le ofrecía alivio.

–Lo siento, Alik.

–¿Qué? –preguntó él casi sin poder hablar.

–Te saqué de tu zona de seguridad e hice que te enfrentaras a todo lo que más te asustaba.

–Sí, pero lo necesitaba. Protegerme del dolor por haber perdido a mi madre habría impedido que me relacionara realmente con mi hija... y contigo. Habría impedido que te amara.

–Fui muy arrogante al creer que yo no me escondía también. No quiero seguir escondiéndome. Perdóname, Alik, por favor. Ámame, por favor. Dime que no es demasiado tarde, por favor.

La abrazó y la besó hasta dejarla sin respiración.

–Claro que no es demasiado tarde. En realidad, estaba planeando la estrategia de un ataque a gran escala contra tus defensas.

–¡Como si no lo hubieses hecho ya! –exclamó ella entre risas.

–Te recuerdo que me pagan por ser estratega y tenía un plan para recuperarte.

–¿Cuál?

–No me acuerdo. Lo descarté en el viaje entre Bruselas y Attar. Luego pasé unos días enfurruñado en la habitación de un hotel, hasta que me hice esto.

Levantó la mano derecha y le enseñó un anillo tatuado en el dedo anular.

–¿Qué es eso?

–Mi anillo de boda. No se puede quitar y me pareció un buen argumento para que tuvieras que seguir casada conmigo.

–Alik...

Le tomó la mano y le acarició el anillo tatuado.

–¿Qué pone? Está en ruso...

–Jada y Leena. Mi familia. Estoy comprometido con vosotras para siempre.

–¿Qué habría pasado si hubiese dicho que no quería estar casada contigo?

–¿Vas a decírmelo?

–No.

–Entonces, es una hipótesis, pero pensé que tendría que replantear la estrategia y empezar a buscar la manera de aprovecharme de tus puntos débiles.

–¿Mis puntos débiles?

–Sí. Por ejemplo, pensé que podría llevarte a un palco privado de la ópera...

–No tienes vergüenza.

–Nunca la he tenido, pero, ahora, no la tendré solo para ti. He probado todos los placeres vacíos de sentido que puede ofrecerte la vida y he llegado a la conclusión de que todas esas cosas están ahí para que no veas el verdadero significado de la vida. Un hombre puede perderse en las cosas fugaces y olvidarse de buscar lo verdadero. Te agradezco mucho que hayas traído algo verdadero a mi vida.

–Alik, quiero que te cases conmigo otra vez.

Jada se acordó del día de su boda, del vestido que no le gustaba, de su tristeza, de la falta de música...

–Además –siguió ella–, esta vez quiero adoptar tu apellido para que todos tengamos el mismo nombre.

–¿Y qué va a ser de...?

–Es el pasado. Tengo buenos recuerdos, pero ya no tengo miedo de que los recuerdos sean solo recuerdos. Tengo muchas cosas por delante. Eres mi porvenir, mi corazón, mi amor.

–Tú me has traído el amor, Jada. Es como ver el sol donde antes solo había oscuridad.

–Como despertar –añadió ella.

–Sí.

–Me alegro de haber despertado porque esto es mucho mejor que soñar.

–Mucho mejor.

–Entonces, ¿te casarás conmigo otra vez? –le preguntó ella.

–Nadie me había amado en mi vida y, ahora, tengo superabundancia, a Leena y a ti. Soy el hombre más afortunado de la Tierra.

Ella arqueó una ceja y lo miró con una sonrisa maliciosa.

–Entonces, ¿te casarás conmigo?

–Nada podría impedírmelo.

–No tientes al destino, Alik.

–Cuando veo cómo han salido las cosas, cómo os encontré a Leena y a ti, creo que el destino está de nuestra parte, ¿no?

–Creo que tienes razón.

Epílogo

JADA se puso el velo rojo y se miró los complicados dibujos que le habían hecho la noche anterior durante la ceremonia de la henna. Chloe, la esposa de Sayid, la había ayudado y le encantó haber encontrado una amiga en esa mujer. Sayid era lo más parecido a un hermano que tenía Alik y todos eran una familia. Podía oír la música que llegaba del patio y la sonrisa que tenía desde que se había levantado se amplió todavía más. Tomó el ramo de flores y se alzó la pesada tela bordada en oro. Bajó corriendo las escaleras y dos sirvientes le abrieron la puerta doble. Vio a Alik al final del pasillo con Leena en brazos, quien llevaba un vestido rojo a juego con el suyo. Estuvo a punto de reírse. El amor de Alik había hecho que se desvaneciera la pesadumbre que había llevado dentro durante tanto tiempo. Se sentía ligera y nueva. Empezó a recorrer el pasillo hacia su marido, su familia, su porvenir. Alik le tomó la mano y la miró.

–Toda mi vida había estado buscando este momento –le dijo en voz baja–. Es maravilloso haberlo encontrado por fin.

–Yo no sabía que estaba buscando este momento –replicó ella–, pero estaba buscándolo. El camino más maravilloso salió de la tristeza y me llevaba a ti, Alik.

–Me alegro de que lo siguieras.

–Yo también, Alik. Yo también.

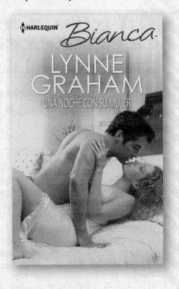

Bianca

**Su relación había sido corta…
pero cambiaría sus vidas para siempre…**

El matrimonio de Luc Sarrazin y Star Roussel había sido breve, pero intensamente apasionado. Se habían separado casi inmediatamente después de casarse y Star había desaparecido, pero Luc nunca había llegado a pedir el divorcio. Dieciocho meses después, consiguió localizar a Star… ¡y descubrió que había tenido gemelos!

Una noche con su mujer

Lynne Graham

LUCHA DE INTERESES

BARBARA DUNLOP

Cara Cranshaw, especialista en relaciones públicas de la Casa Blanca, había pensado en más de una ocasión que el periodista Max Gray solo la quería porque no podía tenerla. Teniendo en cuenta el trabajo de ambos, mantener una relación con él era peligroso… e imposible después de la toma de posesión del presidente.

Tal vez para Max su relación hubiese sido solo una aventura y ella fuese únicamente otra más de sus amantes, pero para Cara lo que tenían era diferente. Le había entregado su corazón. Y estaba embarazada de él.

*Había intentado mantener
las distancias con él…*